El sombrero de tres picos

Pedro Antonio de Alarcón:
El sombrero de tres picos

Introducción de Jorge Campos

El Libro de Bolsillo
Alianza Editorial
Madrid

Primera edición en "El Libro de Bolsillo": 1985
Primera reimpresión en "El Libro de Bolsillo": 1996

© de la introducción: Herederos de Jorge Renales F. Campos
© Alianza Editorial, S. A., Madrid, 1985, 1996
   Calle Juan Ignacio Luca de Tena, 15; 28027 Madrid; teléf. 393 88 88
   ISBN: 84-206-0107-1
   Depósito legal: M. 3.138-1996
   Compuesto en Fernández Ciudad, S. L.
   Impreso en Lavel, S. A., Pol. Ind. Los Llanos
   C/ Gran Canaria, 12. Humanes (Madrid)
   Printed in Spain

En el verano de 1874 publicó la madrileña *Revista Europea* (exactamente en los números 23, 24, 25 y 27, correspondientes a las fechas de los días 2, 9, 16 y 30 de agosto) una narración no muy larga titulada *El sombrero de Tres Picos. Historia verdadera de un sucedido que anda en romances, escrita ahora tal y como pasó*. Había sido compuesta en pocas jornadas y nadie, incluido el autor, sospechaba el extraordinario favor que había de alcanzar de sus lectores a partir de aquella su primera publicación. El mismo lo ha relatado en la *Historia de mis libros*, aunque ya es sabido que no son fiables enteramente sus asertos acerca del nacimiento de sus creaciones: una síntesis del argumento, unas diez o doce cuartillas, estaban escritas, según la confesión propia «veinticuatro horas después» de que decidiese dar forma al tema. Aquella primera versión, totalmente perdida, correspondía al cumplimiento de una colaboración en una revista cubana. Nos llega a decir que había sido elegido el tema porque lo conocido de éste en la tradición andaluza no había tenido eco en la lejana capital de las Antillas, con lo que no padecería su originalidad.

Reescribió, ampliándolo, en otra jornada, el nuevo relato, hasta la descripción del tío Lucas exactamente, cuando la visita de un amigo, del que no quiso que supiéramos el nombre, le animó a que no enviase tan lejos su creación.

Seis días después la obra estaba concluida: «Al día siguiente empezó a imprimirse en la *Revista Europea,* que publicaban en esta Corte los señores Medina y Navarro; al cabo de un mes se reimprimía solemnemente en tomo aparte»[1]. A partir de entonces no han cesado las ediciones ni disminuido la valoración crítica y popular de la novelita.

Pero si la redacción había sido rápida —Alarcón fue, y aún presumió de ello en algún momento de su vida, un productor rápido— hacía años que el tema le rondaba en la cabeza e incluso no lo había escrito antes porque en cierto modo lo tenía hipotecado al haberlo cedido a un amigo, el hoy olvidado dramaturgo José Joaquín Villanueva, cuya temprana muerte le impidió terminar la zarzuela *El que se fue a Sevilla...*, título que descubre su alusión a la trama principal del argumento. Repitió su ofrecimiento a Zorrilla poco después del regreso de éste de Méjico en 1866, sin que el famoso poeta llevase tampoco a cabo la obra. Martínez Kleiser, en su prólogo a las *Obras Completas* de Alarcón, ha dejado detallada constancia de estos hechos: en cita de carta no fechada, pero sin duda anterior a 1867, Alarcón ofreció a Zorrilla el viejo argumento del Corregidor y la molinera para una comedia que su pereza, o quizá una falta de visión del tema, le impidieron escribir. No es esta la impresión que da el propio Alarcón, quien presenta a Zorrilla alborozado con la idea y su posible conversión en una comedia de «espadín y pol-

---

[1] Así lo contó Alarcón en unos párrafos del prefacio aparecidos en la *Revista Europea* y que luego fueron suprimidos en ediciones posteriores; como recogemos en nota en otro lugar.

vos». Al fin, el narrador guadijeño lo rescató para sí mismo y le dio salida en la forma narrada.

La vida

El sombrero de tres picos se sitúa en la cima de las dos vertientes que completan la vida y la obra de Alarcón, después de su revolucionarismo y antes de su moderantismo, con posterioridad a su entrega a un estilo nuevo de influencia francesa y con anterioridad al Alarcón distinto que reflejan sus novelas. Examinemos su vida no perdiendo de vista la fecha en que *El sombrero* se produce.

Pedro Antonio de Alarcón había nacido en la ciudad andaluza a la que ha aludido en más de uno de sus escritos: «En mi pueblo, a noventa leguas de Madrid, a mil leguas del mundo, en un pliegue de Sierra Nevada» [2]. Guadix, que a tal lugar se refiere, era un poblachón ruinoso, ejemplo mortecino de una supervivencia del Antiguo Régimen; disponía de una magnífica catedral, todavía pujante y fuerte al lado de los caserones que testificaban pasadas glorias y que el abandono iba arruinando. Habían contribuido a esta situación fenómenos tales como el absentismo señorial y la desamortización eclasiástica: «Como quiera que sea, cuando yo vine al mundo, Guadix era una pobre ciudad agrícola, o por mejor decir, una ciudad de colonos. Los duques y marqueses a quienes se repartió su territorio después de la Reconquista y cuyas grandes y ruinosas casas coronadas de torres se ven todavía en solitarias calles, se habían ido a vivir a Granada o a la Corte de las Españas: los otros pobladores empezaban a confundirse con la plebe, a consecuencia de la desvinculación que había fraccionado los caudales; las Ordenes Religiosas,

---

[2] *La Nochebuena del poeta.* Artículo publicado en 1855 y recogido en *Cosas que fueron* y, posteriormente, en *Obras Completas,* Madrid, Fax, 1954.

dueñas de la mitad de la riqueza habían sido privadas de sus bienes y suprimidas» [3].

La familia del niño Pedro Antonio, nacido el 10 de marzo de 1833, era como una representación de esta decadencia de la ciudad. Se preciaban de una ascendencia que se remontaba a los días de la Reconquista granadina, entre la que estaban un don Martín de Alarcón, uno de los conquistadores, y un don Hernando, capitán de Carlos V que custodió preso a Francisco I de Francia después de la batalla de Pavía. También se enorgullecía de un abuelo paterno, Regidor perpetuo de Guadix, a quien correspondió enfrentarse con la invasión francesa del Sur de España, lo que le valió la confiscación de todos sus bienes y morir en la cárcel como consecuencia de su patriótica acción. A este Regidor corresponden la capa de grana y el sombrero de tres candiles con que Alarcón quiso dar un toque de realidad al desarrollo de la tradicional historieta.

Sus padres fueron don Pedro de Alarcón y doña Joaquina Ariza y fue el cuarto hijo de los diez que tuvo este matrimonio. Lo numeroso de la prole explica, junto al deterioro familiar, dificultades que tuvieron su posterior influencia en las andanzas del escritor. A éste podemos ya llamarle así porque su vocación fue muy temprana; a ella contribuyeron las enseñanzas humanísticas que recibió desde niño. «Empecé a asistir a la escuela de primera enseñanza el 1.º de septiembre de 1836, esto es, a los tres años y medio. Fue mi preceptor don Luis de la Oliva, salvo un intervalo corto en la escuela de la Compañía, a cargo de don José Bermúdez, presbítero» [4].

Hay que añadir que, según él mismo recordaba, debió dichas enseñanzas a los cuidados de su padre. Salió de la escuela y empezó a pelear con las declinaciones latinas, que aprobó dos años después, a los once

---

[3] De Madrid a Nápoles. Obras Completas, p. 1.446.
[4] Datos que cita Luis Martínez Kleiser y que proceden de un cuadernillo autógrafo del propio Alarcón.

de edad. En el mismo año comenzó estudios de Filosofía con un docto lector exclaustrado de la Orden de San Francisco, logrando en la Universidad de Granada el título de Bachiller el 23 de septiembre de 1847, a los catorce años de edad.

Al comenzar el curso siguiente, en ese mismo año, empezó a estudiar la carrera de Leyes en aquella Universidad. La difícil situación económica de la familia no le permitió continuar estudiando y tuvo que volver a Guadix donde, tras la consiguiente convalidación oficial del primer año de Leyes por el de Teología, siguió estudios en el Seminario de su ciudad natal.

Fue en aquel tiempo (1848-1849) cuando su vocación literaria se enderezó hacia el género dramático y tuvo la satisfacción de ver puestas en escena unas obras de las que sólo el título conocemos y que unas veces nos hacen pensar en el teatro costumbrista de Bretón de los Herreros y otras en la grandilocuencia de los dramas históricos: *La constancia de una esposa, Una lección a los viejos enamorados, El día de San Lorenzo y La conquista de Guadix.*

Es interesante advertir que a la formación ejercida por dómines eclesiásticos y pedagogos de seminario se unieron sus lecturas. Por él mismo sabemos que fue un ávido lector desde edad muy temprana y entre sus lecturas favoritas estaban «*Matilde o Las Cruzadas,* el prerromántico *Gonzalo de Córdoba* de Florián y el más que romántico Byron». Hay que añadir, a lo largo de su infancia y adolescencia, a Walter Scott, Silvio Pellico, Alfieri, Víctor Hugo, George Sand, «el gran autor de *Los tres mosqueteros*» y, como era inevitable, Espronceda.

Refiere Mariano Catalina que encontrándose con ediciones francesas e italianas aprendió por sí solo ambos idiomas para poder efectuar sus lecturas. Una edición de Tasso en español y otras dos en francés e italiano, respectivamente, le sirvieron de piedra de Rossetta para iniciar el desciframiento de los hasta entonces incógnitos idiomas. Datos que contribuyen al perfil psicológico de un hombre en cuyos componentes entraban así la voluntad y la constancia.

No dejemos de tener en cuenta las fechas de nacimiento e infancia de Alarcón, acaecidos en el momento más intenso del Romanticismo español, que se prolongaría, atenuado y asimilado por la España isabelina, hasta aproximarse al final del siglo. Pero ya no se podía tomar ciegamente ese camino, a pesar de ser el marcado por sus escritores favoritos. Otras tendencias de la literatura francesa aportarían su huella al proceso formativo del joven con vocación de escritor.

En algún texto posterior dejaría sus recuerdos de estudiante vagando solitario, replegándose en sí mismo y ensoñando acciones aventureras y gloriosas como las que le ofrecían sus lecturas. Se atribuye a estas fechas un texto salvado que ha llegado hasta sus *Obras completas,* titulado «Descubrimiento y paso del Cabo de Buena Esperanza». Este trabajo y, en general, algunos de los más importantes escritos de esta primera época no incurren en el historicismo romántico que era de esperar —todavía Blasco Ibáñez en 1888 se inicia con un *Conde Garci Fernández*—, sino que se entregan a un escapismo imaginativo que tiene por escenario regiones boreales sólo conocidas por mapas y libros de geografía. Alarcón, desde una ciudad cerrada por montañas, vertía hacia el espacio lo que la mayoría de sus contemporáneos orientaban hacia el tiempo y sustituía el relato histórico por una idealización de países no conocidos sino por los libros.

Sin embargo, la herencia romántica que animaba su vocación le hizo planear la empresa que esperaba le daría la gloria: la continuación de *El diablo mundo,* que dejó inconclusa el infortunado cantor de Teresa, destruida luego en un momento que parece significar una decisión de liquidar su pensamiento juvenil.

Hay pocas referencias, aunque sí seguras, a un escritor guadijeño, Torcuato Tárrago y Mateos, autor de novelas históricas y de costumbres, que por entonces ya había publicado, como *El ermitaño de Montserrate.*

El folletinista representaría admiración y estímulo para el aspirante a escritor, que se vio admitido a la amistad y colaboración por su amigo y paisano. Ambos lograron que llegase a ser realidad una revista que, redactada en Guadix, salía de las prensas en Cádiz: *El Eco de Occidente.*

La revista resultó un éxito literario y comercial, aunque alguna oposición de las autoridades recomendó su traslado a Granada. Aquello parecía venir a favorecer los planes del joven Alarcón. Al nacer el año 1853 abandonó el seminario y la casa de sus padres. Dejaba atrás un porvenir trazado por la familia, y que se le antojaba estéril, y unas gentes empequeñecidas, insulsas, hundidas en su agujero, sin voluntad de salir de él para acceder a la verdadera vida. No hay duda de que aquella acción no se produjo sin que la precedieran serias vacilaciones, como lo demuestra lo que podríamos llamar «complejo de hijo pródigo», que aflorará en diversos momentos a lo largo de toda su obra.

En aquel mismo año de 1853 realizó también su primera intentona de colocación y triunfo en Madrid, que dio como resultado el choque con la difícil realidad. El hijo pródigo volvió a casa coincidiendo con la llamada al servicio militar, del que le redimió su familia.

En *El Eco de Occidente* gaditano aparecieron los primeros cuentos de Alarcón. Varios de ellos figuran todavía entre lo más divulgado de su obra, aunque fueran modificados en ediciones posteriores, correspondientes a sus distintas posiciones ante la literatura y su concepto de la vida. Entre ellos aparecieron *El amigo de la muerte, El clavo, El extranjero,* alguno con distinto título al que viene llevando a partir de su publicación en libro.

Granada le acogía de nuevo. Allí se había trasladado siguiendo las posibilidades de su empresa periodística, *El Eco de Occidente,* y allí encontró un clima favorable a una especie de bohemia alegremente llevadera. Fue uno de los componentes de aquella famosa «Cuerda granadina», como la bautizó al entrar ruidosamente en el patio de un teatro la ingeniosa Sofía, hermana del también escritor andaluz Juan Valera. En aquella cuerda, nombre que evocaba los famosos traslados de presos del moderantismo, figuraron nombres como los de Castro y Serrano, Moreno Nieto, Fernández Jiménez, Manuel del Palacio, Soler, Salvador de Salvador, Leandro Pérez Cossío, Mariano Vázquez, Jorge Ronconi, Maximiano Angel y otros, que ocuparían lugares importantes posteriormente, en la cátedra o en la vida política madrileña. El grupo bulle en el teatro, los periódicos, la Academia de Ciencias y Literatura, los salones burgueses o aristocráticos, las calles granadinas, las noches de la Alhambra. «Hijos mimados de la primavera», los llamó uno de ellos cuando la muerte ya los había llevado lejos del recuerdo.

Pero estamos en 1854 y el país se alborota en una de aquellas alteraciones en que se desenvuelve todo el siglo. En Madrid se obliga a huir a María Cristina y se incendian su palacio y el del marqués de Salamanca. Barricadas y revolución. El movimiento se transmite a provincias. Alarcón lo acoge jubiloso y, con su amigo Manuel del Palacio, funda un periódico, *La redención,* donde su popularidad se acrecienta con tintes un tanto escandalosos al escribir artículos contra el lujo del clero o la incompatibilidad entre el Ejército y la Milicia Nacional, tema que suena a demagógico el primero y bien orientado respecto a la continuidad de la acción revolucionaria el segundo. Pero la revolución se disuelve en la intriga isabelina y Alarcón se ve obligado a dejar Granada, casi huido, perseguido por los caciques locales convertidos en dueños de la nueva situación. La solución está en Madrid. Le acompañan sus amigos Manuel del Palacio y Leandro Pérez Cossío. La ocasión va a servir para la segunda intentona de conquistar la Corte. Esta es la ruta de «todos los viajeros que van de paso al porvenir»[5].

---

[5] Del artículo *La Nochebuena del poeta, Op. cit.,* p. 1.975.

Madrid ofrece caminos de gloria al joven ya destacado en la vida social granadina. Hoy vemos aquel pequeño grupo de años como una etapa muy precisa de la vida literaria madrileña, la que Azorín ha llamado «bohemia postromántica». En ella se inserta cómodamente el nutrido grupo de granadinos, que acuden a Madrid en aquel momento. De hecho la «cuerda» se convierte en la que fue llamada «colonia granadina» y sus componentes adoptan una vida admirada en las novelas francesas en torno a la «vie de bohème», con las *Scénes* de Mürger a la cabeza. Son diez o doce jóvenes, artistas o literatos, algunos de los cuales han dejado un nombre en nuestra historia literaria. Otros gozaron de una brillante y efímera popularidad. Muchos están hoy totalmente olvidados. Entre los primeros Agustín Bonnat, Luis Eguílaz, Luis Mariano de Larra, Manuel del Palacio, Antonio de Trueba, Manuel Fernández y González...

El grupo tenía un cuartel general y una base desde donde lanzarse al asalto de la gloria. Era un sotabanco en la Plaza del Progreso, esquina a Mesón de Paredes. Alguno de ellos lo ha descrito como una habitación que no se cerraba ni de día ni de noche y donde una gran mesa y un tintero descomunal ofrecían la posibilidad de ponerse al trabajo en cualquier momento. Allí se escribieron algunos de los cuentos y bastantes artículos de Alarcón, allí se cometieron travesuras como la narración iniciada por Luis Eguílaz, continuada sin plan previo por Bonnat y rematada y enviada para su publicación por Alarcón. Uno de sus biógrafos, Mariano Catalina, escribió:

«Desde las alturas de aquella desencantada mansión llovieron a porrillo sobre la Corte versos, artículos, chistes, melodías, cuentos y anécdotas, que llegaron a ser celebrados y pedidos con ansia por la culta sociedad madrileña». Alarcón no se deja arrastrar por el atractivo desorden que puede suponer esta vida. Escribe y escribe incesantemente. Se aprecian sus trabajos de un estilo bien preciso, en el que sigue a un amigo admi-

rado ya desde los días de *El Eco de Occidente,* Agustín
Bonnat. Su objetivo era una prosa periodística, suelta,
rápida, que ataca los temas más serios con aparente fri-
volidad y en la que la superioridad del autor se re-
suelve en un diálogo con el lector, al que casi siempre
desdeña, contradice y burla en los quiebros de una conversación que al interlocutor no le es posible contestar,
mostrándose disciplente, irónico y escéptico.

Concepción literaria en que el estilo se corresponde
con los pensamientos, recurriendo a una prosa de párrafos breves, abundantes puntos y aparte y cortes en
los períodos oracionales, diálogos, estilo que comparte
con Agustín Bonnat y que les llega de fuente francesa
—Alfonso Karr sobre todo—. Años después repudiaría
Alarcón aquella etapa de «humorismo aparente, charlo-
teo con el lector, y todas aquellas excentricidades y
chanzas».

Hay que hacer un esfuerzo para entender hoy la gran
novedad que representaba aquel estilo desenfadado que
venía a sustituir a las ya un poco anquilosadas fórmulas
románticas. «Deliciosos artículos a la francesa» los con-
sideraba entonces el mismo que luego los repudiara.
Sería interesante ahondar en una opinión de José F.
Montesinos, que tantos aspectos de la obra alarconiana
ha iluminado, quien observa que mucha de la novedad
que le ofrecía Bonnat se configura ya en alguno de sus
primeros cuentos, prueba, escribe, de la rapidez del
contagio, imposible si no hubiese invadido un organis-
mo predispuesto.

Los afanes revolucionarios de Alarcón no se reducen
en este tiempo al estilo de sus artículos. Manuel de la
Revilla, al trazar una biografía del novelista, evoca bien
el ambiente de aquellos días, cuando ensordecían las
calles madrileñas los himnos de Riego y Espartero, pu-
lulaban por ellas los vistosos uniformes de las Milicias
y por doquiera se advertía una agitación bullanguera e
infecunda. Alarcón combate desde las columnas de un
periódico, *El Látigo,* donde ataca al Ejército, la Iglesia y la Monarquía, utilizando el seudónimo de *El hijo*

pródigo. De aquella publicación, de la que dijo el conservador Catalina que era «un libelo más que un periódico satírico», fue nombrado director en gracia a lo acerado de sus artículos. Uno de ellos le llevó a un desafío con el periodista y poeta Heriberto García de Quevedo. Apadrinaron al joven granadino el duque de Rivas y Luis González Bravo. La actitud de su adversario disparando al aire y perdonándole generosamente la vida causó una sacudida en sus convicciones y clausuró sus actividades de periodista revolucionario. La generosidad del poeta venezolano y el desamparo en que consideró le habían dejado sus amigos de la víspera imprimieron un giro total en sus pensamientos. Años más tarde calificaría de «pujos democráticos» sus actividades de aquellos años anteriores a 1855 [6].

Tras este acto trascendental en su vida quiso alejarse del medio en que se había movido y marchó a Segovia, donde también se dice que pasó por una enfermedad. En todo caso sufrió una profunda crisis de la que saldría un hombre distinto, coherente en sus posiciones literarias, políticas y morales. En Segovia revisó lo escrito hasta entonces y decidió ganar para la literatura el tiempo que le había hecho desperdiciar la política. Repasa y retoca sus cuentos, escribe una obra de teatro, *El hijo pródigo,* que estrena en Madrid sin gran éxito, y regresa a la capital tras lo que él mismo llamó vida cenobítica.

Después de lo que su biógrafo Martínez Kleiser ha definido como «enérgico llamamiento de Dios a la oveja descarriada», el periodismo y la fama llevan a Alarcón a vivir en los altos medios de la burguesa sociedad isabelina. En la Nochebuena de aquel mismo año de 1855, al escribir uno de los usuales artículos de circunstancias comentando la fecha, logra uno de los más celebrados —al que ya hemos recurrido—, en que rememora su existencia de muchacho encerrado en la vida

---

[6] *Diario de un testigo de la Guerra de Africa. Obras Completas,* p. 834.

guadijeña comparándola con su situación del momento:

«Yo soy ya... nada menos que un hombre, un habitante de Madrid, que se arrellana cómodamente en la vida y se engríe de su amplia independencia, como soltero, como novelista, como voluntario de la orfandad que soy, con patillas, deudas, amores y tratamiento de *usted*.

»Visitamos los teatros por dentro y los actores y las cantantes nos estrechan las manos entre bastidores.

»Penetramos en la redacción de los periódicos, y estamos iniciados en la alquimia que los produce...

»...Tenemos entrada en una tribuna del Congreso, crédito en las fondas, tertulias que nos apremian, sastre que nos soporta... Somos felices, nuestra ambición de adolescentes está colmada... Madrid es país conquistado. ¡Madrid es nuestra patria! ¡Viva Madrid!»[7].

Nada puede expresar mejor la satisfacción del triunfo que estas palabras. La evolución producida en sus ideas le ha puesto a bien con una sociedad que le premiará con el aplauso y el resultado económico, con cifras de edición y liquidaciones no alcanzadas hasta entonces.

En 1857 es el cronista de sociedad de *La Epoca*. En lo único que en la anterior cita se adelanta es en considerarse ya novelista. De hecho sólo ha publicado una novela juvenil, escrita en Guadix, y que ahora ha revisado para la imprenta. Una narración evasiva, fantástica, que no hace suponer la orientación de sus novelas posteriores: *El final de Norma*. Pero no se engañaba al proclamar su condición de novelista.

Pronto se va a producir un hecho que inflamará en ardor patriótico a la España de su tiempo y con el que Alarcón logrará el momento decisivo de su consagración: la Guerra de Africa, que cantaron poetas y cronistas. El título de primero entre los cronistas lo ganó por mérito propio el joven guadijeño. Alarcón realizó una tarea que hoy se diría de corresponsal de guerra publi-

---

[7] De *La Nochebuena del poeta, Op. cit.*, p. 1.672.

cando periódicamente el *Diario de un testigo de la Guerra de Africa.*

La campaña con que España esperaba resucitar los viejos laureles caía muy dentro del romanticismo amoriscado del joven Alarcón, trasformado ahora en patriótico apasionado. No se limitó a su tarea de corresponsal, sino que participó en acciones de primera línea como soldado voluntario del Batallón de Cazadores de Ciudad Rodrigo, siendo herido en un pie en una de estas acciones de guerra, según su hoja de servicios. Condecorado con las cruces de María Isabel Luisa y de San Fernando, es el escritor héroe de una nación de héroes, aunque Pérez Galdós, en sus *Episodios Nacionales,* se permite un tono un tanto irónico al pintar al soldado Alarcón viviendo en condiciones bien distintas de las del humilde infante.

Mas lo importante no son sus hazañas bélicas, sino el extraordinario éxito con que fueron acogidas sus condiciones de narrador descubiertas en el *Diario de un testigo de la guerra de Africa,* escrito al correr de los acontecimientos. «Ya sobre la trinchera, ya en los armones de nuestra artillería metida en fuego, ya sobre el arzón de la silla de mi caballo, ya en los hospitales de sangre; todo lo cual compaginaba yo a la noche» [8]. Se han repetido las cifras, insólitas entonces, de los dos millones y medio de reales, que le fueron entregados por unos editores que vendieron más de cincuenta mil ejemplares, y las veinte mil cartas que tuvo que destruir ante la imposibilidad de contestarlas antes de volver a España. El libro, además del éxito económico, le ofreció una popularidad que no decepcionaron sus posteriores relatos de viajes, *De Madrid a Nápoles* y *La Alpujarra,* no menores en méritos.

Vuelto de la guerra, su amistad con O'Donnell y su afiliación a la Unión Liberal le granjearon cargos políticos de diputado y senador. Mariano Catalina recuer-

---

[8] De la «Historia de este libro», que precede a la edición del *Diario de un testigo de la Guerra de Africa,* en 1880.

da la acogida triunfal que le hicieron sus paisanos en
Guadix. Posiblemente en uno de sus viajes electorales
volvió a encontrarse con la que más tarde sería su esposa. El día de Nochebuena de 1865 se celebró su matrimonio con Paulina Contreras y Reyes, de quien era
novio desde 1864 y a quien había conocido dos años
antes en un viaje al pueblo de Almuñécar.

Es ésta la segunda etapa de su actividad política y
periodística, de signo bien opuesto a la primera. Ads-
crito, como se ha dicho, a la Unión Liberal y a su cau-
dillo, O'Donnell, es elegido diputado, logra preeminen-
cias, sufre un corto destierro en París, se une a los
revolucionarios de Alcolea, cuya batalla presencia, es
luego diputado montpensierista y acaba afiliándose al
partido alfonsino.

A partir de entonces se produce la etapa de mayor
fuerza literaria. En 1874 proseguirá su carrera de novelista, precisamente con *El sombrero de tres picos,* al
que seguirá su serie de novelas largas   *El escándalo* (1875), *El Niño de la Bola* (1880), *El capitán Ve-
neno* (1881) y *La pródiga* (1881).

Años de producción y gloria que se apagan repentinamente con la salida de su última novela. La crítica
deja de alabarle. Lo más importante de este hecho es
la reacción de Alarcón que abandona su oficio de escritor como respuesta a una persecución que Galdós su-
ponía más existente en la mente del narrador que en
la realidad.

Retirado en su finca de Valdemoro contempla amar-
gado un panorama literario del que se considera des-
plazado. Se siente desconocido por una juventud que
exige otros derroteros a la literatura. El realismo y las
tendencias naturalistas avanzan de día en día. Alarcón
en el fondo era un romántico y ante los cambios del
tiempo ha ido acentuando su conservadurismo, ya ma-
nifiesto, como exposición teórica, en su discurso de
ingreso en la Real Academia de la Lengua con el título
de *Sobre la moral en el arte* (1875). También lo demues-
tran los retoques y modificaciones de las obras que

reedita, la justificación que da, en palabras preliminares, a *El final de Norma,* las pequeñas inexactitudes que se encuentran en *La historia de mis libros.*

El hecho es que la crítica le trató con rigor, más apreciable si se compara con el coro de alabanzas que había acompañado a sus libros anteriores, sin que *La pródiga* representase un descenso tan grande respecto a ellos. Por recurrir sólo al más agudo y formado de los críticos de su tiempo, *Clarín,* encontramos en su acogida de *La pródiga* una alternativa de elogios y palmetazos. Si entre aquéllos podemos colocar frases como «una de las personalidades más eminentes de nuestra literatura», o «uno de nuestros mejores novelistas», hay que poner a su lado otras que, por ser de índole menos general, llegaría a causar dolor al escritor: *La pródiga* comienza como un libro de principiante... caracteres falsos... diálogo culterano absurdo. En suma, *La pródiga* es una de las peores novelas de Alarcón».

A los cincuenta años ya se sentía viejo y enfermo. No asistía a reuniones sociales ni a las sesiones de la Academia. Se hace difícil pensar en una resignación y un abandono total de lo que había constituido su razón de ser, pero resistió tenazmente a las tentaciones, entre las que estaba la petición del propio *Clarín* para que no abandonase la pluma: «¿Cree usted que no sería una buena obra de caridad otro *Sombrero de tres picos* en esta tierra de naturalismo incipiente y de idealismo con caquexia?», para acabar diciéndole: «Es usted *uno de nuestros mejores novelistas* (subraya *Clarín),* pero de los verdaderos, de los de buena ley».

Fueron inútiles estas y otras exhortaciones. Permaneció en el silencio. En 1888 una hemiplejía descargó sobre él un golpe que sólo su fortaleza le hizo resistir, sobreviviendo a éste y otros ataques en años sucesivos hasta 1891, en que uno de ellos le produjo la muerte, en Madrid. Dejó instrucciones, que no se cumplieron, para que se le enterrase en la fosa común. En la Sacramental madrileña de San Justo, señalada su tumba sólo con una cruz, reposan sus restos.

Antecedentes y fuentes de El sombrero de tres picos

Es curiosa la preocupación, que viene de antiguo, por retroceder en busca de los orígenes de la novelita de Alarcón. Quizá se deba a su singularidad dentro de la obra alarconiana, a su situación en la encrucijada de romanticismo y realismo, desvinculada de una tendencia en boga. El mismo Alarcón, en su *Historia de mis libros* y en el «Prefacio» a la propia novela, nos da razón de las fuentes de su creación. Dice en éste que desde una edad muy infantil conocía el tema de boca de un viejo pastor de cabras, que almacenaba en su mente antiguos romances divulgados, como suponemos, por los popularísimos pliegos de cordel.

Demos credibilidad a esta versión aunque la fecha de seis años de edad, que apunta el novelista como aquélla en que tuvo lugar el recitado, hace difícil el recuerdo de la escena con el detalle que la expone. Recordemos el argumento de *El clavo,* del que Alarcón, en la *Historia de mis libros,* decía ser una auténtica «causa célebre» que le contó un magistrado granadino. Fernández Montesinos olfatea la adaptación de una obra transpirenaica, a lo que le llevan razones de estilo y concepto, citando también a Emilia Pardo Bazán, que decía haber leído no sabía dónde un relato de Hipólito Lucas. En efecto, *Le clou,* de Hipólito Lucas, es la fuente directa de la narración alarconiana.

No quiere esto decir que supongamos que *El sombrero de tres picos* sea copia de una narración anterior; simplemente ponemos en cuestión las afirmaciones del autor acerca del origen de sus relatos.

No dudamos que el cuento, con su nota picaresca, correría por pueblos y cortijos. Julio Caro Baroja ha mostrado cómo la mitificada «tradición oral» debe sustituirse en gran parte por la publicación de aquellas hojas volanderas que se cantaban y vendían por los pueblos de España [9].

---

[9] Julio Caro Baroja: *Ensayo sobre la literatura de cordel,* Madrid, Revista de Occidente, 1969.

Alarcón cita como fuente, aparte de aquella relación del tío Repela, la versión del Romance que insertó Agustín Durán en el *Romancero General* de la famosa Biblioteca Rivadeneyra. Allí se titula *El molinero de Arcos* y es Arcos de la Frontera el lugar de la acción. En la primera versión, la de la *Revista Europea,* Alarcón parecía llevarla a Guadix, aunque en versiones posteriores se suprimió toda alusión que localizase los hechos en una población próxima a Granada.

En Jerez de la Frontera sitúa la picaresca aventura la versión de la canción que conocía Zorrilla —según la nota de Martínez Kleiser, que manejó la carta del autor de *Don Juan Tenorio*—, y que empezaba así:

> *En Jerez de la Frontera*
> *hay un molinero honrado*
> *que ganaba su sustento*
> *con un molino afamado*
> *y era casado*
> *con una moza*
> *muy primorosa;*
> *y por ser tan bella*
> *el Corregidor se enamoró de ella.*
> *La cortejaba*
> *la festejaba,*
> *hasta que un día*
> *le declaró el intento*
> *que pretendía.*

De este pliego debieron de correr numerosas versiones. Vicente Gaos, en su edición de *El sombrero de tres picos,* da otra tomada de Bonilla San Martín que muestra algunas diferencias. Por nuestra parte reproducimos en apéndice otra versión que ofrece también pequeñas variantes, además de un verso suprimido en la anteriormente citada. El hecho de que esté impresa en Barcelona parece desvincular la aventura del ambiente andaluz que le da Alarcón y que pasó de su novela al ballet de Falla y a los decorados de Picasso, inspirados en Arcos.

Estas variaciones hacen pensar en una extensa divulgación del tema. Afloró también en un sainete de finales del siglo XVIII, *Nuevo Sainete del Corregidor y la molinera,* que Foulché-Delbosc descubrió y publicó, manteniendo que era fuente directa por el desarrollo final contrario al que prevalece en la canción o el romance.

La persecución de las raíces del tema llevó a sus investigadores hasta los más viejos textos de la narrativa europea, con indudables huellas de influencias orientales. Son los más importantes un cuento del *Decamerón* y un precedente de éste en el libro de origen indio *Libro de los engannos et de los assayamientos de las muggeres,* conocido comúnmente como *Sendebar,* traducido en 1253 por el Infante Don Fadrique, hermano de Alfonso el Sabio.

De hecho, y sin el eslabón boccaciano, no se advertirían muy claramente las relaciones entre el cuento oriental y la novelita de Alarcón. El *Decamerón* cuenta la venganza que un marido toma del engaño de su mujer, devolviéndole, como por la ley del Talión, el ultraje en la persona de la mujer del engañador. Es el cuento VIII de la Jornada VIII, titulado *Partida y desquite* en la versión que manejamos [10].

A esta cadena de posibles influencias venimos a añadir otra que plantea inquietantes problemas. Está, sin duda, mucho más cerca del texto alarconiano que las citadas hasta ahora y es casi indudable que Alarcón no pudo conocerla. Se trata de un *fabliau* escrito por el Marqués de Sade y que no vio la luz hasta 1926, en un libro llamado *Historiettes, Contes et Fabliaux,* publicado por Maurice Heine. Es el cuento titulado *La*

---

[10] Boccaccio: *El decamerón* (traducción de Daniel Tapia), México, Compañía General de Ediciones, 1958.

castellana de Longeville o la mujer vengada. En el relato, tan distinto como puede ser un tema tratado por el inmoralista y revolucionario Marqués y el morigerado Alarcón, hay una complejidad argumental que difiere de la novelita española, pero se encuentran coincidencias en número suficiente para poder suponer un extraño parentesco. No hay duda de que el cuento de Sade es una manipulación de un viejo *fabliau* aplicado a su peculiar moral, pero entran en él elementos tales como la calidad de molinero de uno de los protagonistas, el aspecto «apetecible y lozano» de la granjera, el trueque de las ropas del molinero, las idas y venidas en la noche, la introducción engañosa en el lecho y hasta un chapuzón, que si aquí es trágico, se convierte en cómico en la novelita alarconiana.

Todavía resulta más sorprendente algo que puede ser consecuencia de la casualidad, y es que Sade inicia su cuento con una consideración alusiva a la época pasada en que los hechos ocurrieron, cosa muy propia de quien actualiza con arreglo a su propia mentalidad una narración del pasado. En aquel tiempo en que los señores feudales vivían despóticamente en sus tierras, en aquellos tiempos gloriosos en que Francia reunía dentro de sus fronteras una multitud de soberanos... Recordemos como Alarcón dedicó no menos de los siete primeros capítulos a trazar el cuadro distintivo entre los viejos tiempos despóticos del Antiguo Régimen y aquellos en que se dispone a la redacción de su cuento.

Hubiera una fuente desconocida o no, es indudable la presencia en la creación alarconiana de la canción popular y, seguramente, del sainete descubierto por Foulché-Delbosc. Falta ese otro elemento real de que él nos habla, quizá un poco novelescamente: el recuerdo de una capa de grana y un gran sombrero de tres picos procedentes de su abuelo el Regidor, que colgaban, como un símbolo fenecido de otros tiempos, en una habitación de la casa paterna y que servían de diversión a los chicos que jugaban en ella. «Nosotros entre ellos, lo mismo que todos los nacidos en aquella

ciudad en las postrimerías del reinado del Señor don
Fernando VII, recordamos haber visto colgados de un
clavo, único adorno de desmantelada pared, en la ruinosa torre de la casa que habitó Su Señoría (torre destinada a la sazón a los infantiles juegos de sus nietos),
aquellas dos anticuadas prendas, aquella capa y aquel
sombrero —el negro sombrero encima, y la roja capa
debajo— formando una especie de espectro del absolutismo, una especie de sudario del Corregidor, una especie de caricatura retrospectiva de su poder... que hoy
me da miedo de haber contribuido a escarnecer, pa-
seándolos por aquella histórica ciudad en días de Carnestolendas» [11].

El reconocimiento de las posibles fuentes de una obra
literaria no disminuye su valor como creación artísti-
ca. *El sombrero de tres picos* ha sido considerado desde su aparición como una pieza excepcional de la literatura española. Por recoger sólo algunas opiniones recordemos la de Emilia Pardo Bazán que lo llamó «rey
de los cuentos españoles»; para Baquero Goyanes es
«una de las obras maestras de la narrativa breve del
siglo xix»; para Vicente Gaos es «el cuento más feliz
acaso del realismo español»; Julián Marías lo considera
«superior a las formas literarias de su tiempo» y Revilla lo valoró como la producción «más acabada y de-
leitable» de la literatura festiva española.

Igualmente se ha señalado su puesto original entre
la propia obra del autor. Ya hizo notar Balbuena Prat
que *El sombrero de tres picos* era entre las obras de
Alarcón la más terminada.

El resultado se debe a la utilización del llamado espíritu ligero de Alarcón, o manera afrancesada, de su
primera época y del distanciamiento histórico en la am-
bientación del relato, unidos a la caracterización y el
movimiento de los personajes. Naturalmente, Alarcón
hereda el costumbrismo histórico de la novela romántica y añade una escapada de la visión realista que hace

[11] De *El sombrero de tres picos,* cap. VIII.

girar todo el movimiento del relato como en un bien
meditado ballet. Se advierte la mano que mueve las
marionetas como con arreglo a un plan establecido de
paralelismos y contradicciones: la fealdad y senilidad
del Corregidor frente a la frescura y lozanía de la molinera, el enfrentamiento de los poderosos corrompidos
y el sano pueblo, las idas y venidas entre el pueblo,
la ciudad y el molino, las diagonales en que se mueven
las dos parejas de esposos, etc. La farsa del viejo *fabliau* o cuento medieval, con su crudo final, se atem-
pera graciosamente con la solución que le da Alarcón
—procedente o no del sainete citado—, manteniendo
hasta casi el momento final la sospecha de la vieja
conclusión.

Por ello puede seguirse considerando *El sombrero
de tres picos* como obra de total originalidad, verdadera joya de la narrativa breve en lengua castellana.

La presente edición

Se sigue en ella el texto que corre desde la primera
edición en libro, manteniendo en nota la única supre-
sión de importancia al final del prefacio del autor, en
su lugar correspondiente.

Se incluyen como apéndices el *fabliau* del Marqués
de Sade aludido en la Introducción, el romance que
recogió Durán, un pliego de cordel de nuestra propie-
dad con la nueva canción del Corregidor y la molinera
y el Sainete que dio a conocer Foulché-Delbosc.

J. Campos

Bibliografía

BONILLA Y SAN MARTÍN, Adolfo: *Los orígenes de El sombrero de tres picos, Revue Hispanique,* XIII, 1905.

FOULCHÉ-DELBOSC, Raimond: *D'ou dérive «El sombrero de tres picos», Revue Hispanique,* XVIII, 1908.

JULIO ROMANO: *Pedro Antonio de Alarcón, el novelista romántico,* Vidas españolas e hispanoamericanas del siglo XIX, Madrid, Espasa Calpe, 1933.

MARTÍNEZ KLEISER, Luis: *Don Pedro Antonio de Alarcón. Un viaje por el interior de su alma y a lo largo de su vida,* Madrid, Suárez, 1943. Incorporado como Prólogo a la edición de *Obras Completas,* Madrid, Fax, 1954.

FERNÁNDEZ MONTESINOS, José: *Pedro Antonio de Alarcón,* Zaragoza, Librería General, 1955.

GAOS, Vicente: *«Técnica y estilo de El sombrero de tres picos».* En *Temas y problemas de literatura española.* Madrid, Guadarrama, 1959.

Introducción a la edición de *El sombrero de tres picos,* Clásicos castellanos, Madrid, Espasa Calpe, 1975.

CAMPOS, *Jorge:* Prólogo a las *Novelas Completas,* Madrid, Aguilar, 1974.

LÓPEZ CASANOVA, Arcadio: Introducción a *El sombrero de tres picos,* Madrid, Cátedra, 1982.

EL SOMBRERO DE TRES PICOS

Historia verdadera de un sucedido que anda
en romances, escrita ahora tal y como pasó.

Pocos españoles, aun contando a los menos sabidos y leídos, desconocerán la historieta vulgar que sirve de fundamento a la presente obrilla.

Un zafio pastor de cabras, que nunca había salido de la escondida Cortijada en que nació, fue el primero a quien nosotros se la oímos referir. —Era el tal uno de aquellos rústicos sin ningunas letras, pero naturalmente ladinos y bufones, que tanto papel hacen en nuestra literatura nacional con el dictado de *pícaros*. Siempre que en la Cortijada había fiesta, con motivo de boda o bautizo, o de solemne visita de los amos, tocábale a él poner los juegos de chasco y pantomima, hacer las payasadas y recitar los Romances y Relaciones—; y precisamente en una ocasión de éstas (hace ya casi toda una vida... es decir, hace ya más de treinta y cinco años), tuvo a bien deslumbrar y embelesar cierta noche nuestra inocencia (relativa) con el cuento en verso de *El Corregidor y la Molinera,* o sea de *El Molinero y la Corregidora,* que hoy ofrecemos nosotros al público bajo el nombre más trascendental y filosó-

31

fico (pues así lo requiere la gravedad de estos tiempos) de *El sombrero de tres picos.*

Recordamos, por señas, que cuando el pastor nos
dio tan buen rato, las muchachas casaderas allí reuni-
das se pusieron muy coloradas, de donde sus madres
dedujeron que la historia era algo verde, por lo cual
pusieron ellas al pastor de oro y azul; pero el pobre
Repela (así se llamaba el pastor) no se mordió la lengua, y contestó diciendo que no había por qué escan-
dalizarse de aquel modo, pues nada resultaba de su
relación que no supiesen hasta las monjas y hasta las
niñas de cuatro años...

—Y si no, vamos a ver (preguntó el cabrero): ¿Qué
se saca en claro de la historia de *El Corregidor y la
Molinera?* ¡Que los casados duermen juntos, y que a
ningún marido le acomoda que otro hombre duerma
con su mujer! —¡Me parece que la noticia!...

—¡Pues es verdad! —respondieron las madres oyendo las carcajadas de sus hijas.

—La prueba de que el tío *Repela* tiene razón (observó en esto el padre del novio), es que todos los chicos
y grandes aquí presentes se han enterado ya de que
esta noche, así que se acabe el baile, Juanete y Mano-
lilla estrenarán esa hermosa cama de matrimonio que la
tía Gabriela acaba de enseñar a nuestras hijas para que
admiren el bordado de los almohadones...

—¡Hay más! (dijo el abuelo de la novia): hasta en
el libro de la Doctrina y en los mismos Sermones se
habla a los niños de todas estas cosas tan naturales, al
ponerlos al corriente de la larga esterilidad de Nuestra
Señora Santa Ana, de la virtud del casto José, de la
estratagema de Judit y de otros muchos milagros que
no recuerdo ahora. —Por consiguiente, señores...

—¡Nada, nada, tío *Repela* (exclamaron valerosamen-
te las muchachas). ¡Diga usted otra vez su relación;
que es muy divertida!

—¡Y hasta muy decente (continuó el abuelo). Pues
en ella no se aconseja a nadie que sea malo; ni se le
enseña a serlo; ni queda sin castigo el que lo es...

—¡Vaya! ¡Repítala V.! —dijeron al fin consisto-
rialmente las madres de familia.

El tío *Repela* volvió entonces a recitar el Romance;
y, considerado ya su texto por todos a la luz de aquella
crítica tan ingenua, hallaron que no había *pero* que
ponerle; lo cual equivale a decir que le concedieron
las licencias necesarias.

Andando los años, hemos oído muchas y muy diversas versiones de aquella misma aventura de *El molinero y la corregidora,* siempre de labios de *graciosos* de
aldea y de cortijo, por el orden del ya difunto *Repela,*
y además la hemos leído en letras de molde en diferentes *Romances de ciego* y hasta en el *Romancero* del
inolvidable D. Agustín Durán.

El fondo del asunto resulta idéntico: tragicómico,
zumbón y terriblemente epigramático, como todas las
lecciones dramáticas de moral de que se enamora nuestro pueblo; pero la forma, el mecanismo accidental, los
procedimientos casuales, difieren mucho, muchísimo, del
relato de nuestro pastor, tanto, que éste no hubiera
podido recitar en la Cortijada ninguna de dichas versiones, ni aun aquellas que corren impresas, sin que antes
se tapasen los oídos las muchachas en estado honesto, o
sin exponerse a que sus madres les sacaran los ojos.
¡A tal punto han extremado y pervertido los groseros
patanes de otras provincias el caso tradicional que tan
sabroso, discreto y pulcro resultaba en la versión del
clásico *Repela!*

Hace, pues, mucho tiempo que concebimos el propó-
sito de restablecer la verdad de las cosas, devolviendo
a la peregrina historia de que se trata su primitivo carácter, que nunca dudamos fuera aquel en que salía mejor librado el decoro. Ni ¿cómo dudarlo? Esta clase
de relaciones al rodar por las manos del vulgo, nunca
se desnaturalizan para hacerse más bellas, delicadas y
decentes, sino para estropearse y percudirse al contacto
de la ordinariez y la chabacanería.

Tal es la historia del presente libro... *. Conque me-
támonos ya en harina; quiero decir, demos comienzo a
la relación de *El Corregidor y la Molinera,* no sin esperar de su sano juicio (¡oh respetable público!) que des-

---

* Al llegar a este lugar, en la versión de la Revista Europea
se continuaba con los siguientes párrafos: Lo primero que hi-
cimos con aquel intento fue *cederle el asunto* (como se dice
entre escritores) a nuestro querido y malogrado amigo D. José
Joaquín de Villanueva, que se enamoró perdidamente de él, y
que tan a pedir de boca la hubiera desempeñado con aquella
sana y castiza pluma que escribió *Las avispas* y la *Franqueza.*
Pero ¡ay! Villanueva murió, cuando diz que apenas llevaba
bosquejado el principio de una zarzuela titulada *El que se fue
a Sevilla...* (cuyo argumento era el mismo de la presente obra)
y todo se quedó en tal estado hasta el año de 1866.
Regresó entonces a España, después de su larga estancia en
Méjico, el ilustre poeta D. José Zorrilla, y como llegásemos a
referirle en uno de nuestros largos coloquios literarios la historia de *El Molinero y la Corregidora,* según nos la había le-
gado *Repela,* prendóse también del asunto el popular autor de
Don Juan Tenorio, e hízonos entrever la posibilidad de que lo
convirtiera inmediatamente en una comedia de *espadín y polvos,*
que ya creíamos estar saboreando desde butaca de primera fila.
Pero han pasado ocho años y Zorrilla no se ha vuelto a
acordar del corregimiento ni del molino. Nosotros nos vamos
haciendo viejos entre tanto y podremos seguir a *Repela* a la
tumba el día que más descuidados estemos... —Es una cosa
que se ve todos los días. Ahora se vive bien. Villanueva, Agustín Bonnat, Javier Ramírez, Bécquer, Eguilaz... eran casi de
nuestra edad, y ya no están en el mundo...— Hemos decidi-
do, por consiguiente, escribir nosotros mismos en nuestra humilde prosa la genuina historia de *El Corregidor y la Molinera,*
mas que con la pretensión de dar por realizado nuestro deseo
y por concluida la tan suspirada obra, con el modesto fin de
apuntar y divulgar su argumento, para que otras plumas puedan sacar de él mejor partido. —¡A no habernos quedado sin
ninguna copia del romance de Repela, o a ser nosotros hombres de más memoria, nos hubiéramos limitado a darlo a la
estampa!
Otra advertencia, y concluimos este indigesto prefacio.
Cada uno de los muchos romances que circulan por toda España, ya de boca en boca, o ya impresos, con relación a la
molinera y a la corregidora, fija el lugar de la escena en un
pueblo distinto.
El incluido en el *Romancero* de D. Agustín Durán (Tomo II,
página 409, sección de Cuentos vulgares) la pone en la ciu-

pués de haberla leído y héchote más cruces que si hubieras visto al demonio (como dijo *Estebanillo González* al principiar la suya), la tendrás por digna y merecedora de haber salido a la luz.

Julio de 1874.

---

dad de Arcos de la Frontera, y así es que se titula *El molinero de Arcos*.

Hay otro, también impreso, que venden los ciegos, que principia de este modo:

> *En Jerez de la Frontera*
> *hubo un molinero honrado, etc.*

Nuestro insigne maestro (¿de quién no lo es?) D. Juan Eugenio de Hartzenbusch, con quien hemos tenido a honra consultar acerca del particular, nos ha dicho unas coplejas populares asaz verdes y hasta coloradas que sabe de memoria (¿qué no sabrá de memoria el erudito académico?) en las cuales se hace también mención de esta última ciudad como patria del molinero.

> *En Jerez de la Frontera*
> *un molinero afamado...*

es el comienzo de la primera copla.

Los campesinos extremeños suelen colocar la acción en Plasencia, en Cáceres y en otras ciudades de su país.

Y finalmente, en el romance de *Repela* no se cita pueblo alguno como teatro de los sucesos.

En tal situación, y considerando que *Repela* nació, vivió y murió en la provincia de Granada; que su versión parece la auténtica y fidedigna, y que aquella es la tierra que mejor conocemos nosotros, nos hemos tomado la licencia de figurar que sucedió el caso en una ciudad, que no nombramos, del antiguo reino granadino.

Perdónennos esta falta, y todas las demás en que abunda la presente historia.

I. De cuándo sucedió la cosa

Comenzaba este largo siglo, que ya va de vencida. No se sabe fijamente el año: sólo consta que era después del de 4 y antes del de 8.

Reinaba, pues, todavía en España don Carlos IV de Borbón; *por la gracia de Dios,* según las monedas, y por olvido o gracia especial de Bonaparte, según los boletines franceses. Los demás soberanos europeos descendientes de Luis XIV habían perdido ya la corona (y el Jefe de ellos la cabeza) en la deshecha borrasca que corría esta envejecida parte del mundo desde 1789.

Ni paraba aquí la singularidad de nuestra patria en aquellos tiempos. El Soldado de la Revolución, el hijo de un oscuro abogado corso, el vencedor en Rívoli, en las Pirámides, en Marengo y en otras cien batallas, acababa de ceñirse la corona de Carlo Magno y de transfigurar completamente la Europa, creando y suprimiendo naciones, borrando fronteras, inventando dinastías y haciendo mudar de forma, de nombre, de sitio, de costumbres y hasta de traje a los pueblos por donde pasa-

ba en su corcel de guerra como un terremoto animado,
o como el «*Anticristo*», que le llamaban las Potencias
del Norte... Sin embargo, nuestros padres (Dios les
tenga en su santa Gloria), lejos de odiarlo o de temer-
le, complacíanse aún en ponderar sus descomunales hazañas, como si se tratase del héroe de un libro de ca-
ballerías, o de cosas que sucedían en otro planeta, sin
que ni por asomo recelasen que pensara nunca en venir por acá a intentar las atrocidades que había hecho
en Francia, Italia, Alemania y en otros países. Una vez
por semana (y dos a lo sumo) llegaba el correo de Madrid a la mayor parte de las poblaciones importantes
de la Península, llevando algún número de la *Gaceta*
(que tampoco era diaria), y por ella sabían las personas
principales (suponiendo que la *Gaceta* hablase del particular) si existía un estado más o menos allende el Pirineo, si se había reñido otra batalla en que peleasen
seis u ocho reyes y emperadores, y si Napoleón se hallaba en Milán, en Bruselas o en Varsovia... Por lo demás, nuestros mayores seguían viviendo a la antigua española, sumamente despacio, apegados a sus rancias costumbres, en paz y en gracia de Dios, con su Inquisición y sus frailes, con su pintoresca desigualdad ante la
ley, con sus privilegios, fueros y exenciones personales,
con su carencia de toda libertad municipal o política,
gobernados simultáneamente por insignes obispos y poderosos corregidores (cuyas respectivas potestades no
era muy fácil deslindar, pues unos y otros se metían
en lo temporal y en lo eterno), y pagando diezmos, primicias, alcabalas, subsidios, mandas y limosnas forzosas,
rentas, rentillas, capitaciones, tercias reales, gabelas,
frutos-civiles, y hasta cincuenta tributos más, cuya no-
menclatura no viene a cuento ahora.

Y aquí termina todo lo que la presente historia tiene
que ver con la militar y política de aquella época; pues
nuestro único objeto, al referir lo que entonces suce-
día en el mundo, ha sido venir a parar a que el año de
que se trata (supongamos que el de 1805) imperaba

todavía en España el *antiguo régimen* en todas las esferas de la vida pública y particular, como si, en medio de tantas novedades y trastornos, el Pirineo se hubiese convertido en otra Muralla de la China.

II. De cómo vivía entonces la gente

En Andalucía, por ejemplo (pues precisamente aconteció en una ciudad de Andalucía lo que vais a oír), las personas de *suposición* continuaban levantándose muy temprano; yendo a la Catedral a *misa de prima,* aunque no fuese *día de precepto:* almorzando, a las nueve, un huevo frito y una jícara de chocolate con picatostes; comiendo, de una a dos de la tarde, puchero y principio, si había caza, y, si no, puchero sólo; durmiendo la siesta después de comer; paseando luego por el campo; yendo al rosario, entre dos luces, a su respectiva parroquia; tomando otro chocolate a la oración (éste con bizcochos); asistiendo los muy encopetados a la tertulia del corregidor, del deán, o del título que residía en el pueblo; retirándose a casa a las ánimas; cerrando el portón antes del toque de la *queda;* cenando ensalada y *guisado* por antonomasia, si no *habían entrado* boquerones frescos, y acostándose incontinenti con su señora los que la tenían, no sin hacerse calentar primero la cama durante nueves meses del año...

¡Dichosísimo tiempo aquel en que nuestra tierra seguía en quieta y pacífica posesión de todas las telarañas, de todo el polvo, de toda la polilla, de todos los respetos, de todas las creencias, de todas las tradiciones, de todos los usos y de todos los abusos santificados por los siglos! ¡Dichosísimo tiempo aquel en que había en la sociedad humana variedad de clases, de afectos y de costumbres! ¡Dichosísimo tiempo, digo..., para los poetas especialmente, que encontraban un entremés, un sainete, una comedia, un drama, un auto sacramental o una epopeya detrás de cada esquina, en vez de esta prosaica uniformidad y desabrido realismo que nos legó al cabo la Revolución Francesa! ¡Dichosísimo tiempo, sí!...

Pero esto es volver a las andadas. Basta ya de generalidades y de circunloquios, y entremos resueltamente en la historia del *Sombrero de tres picos*.

En aquel tiempo, pues, había cerca de la ciudad de *** un famoso molino harinero (que ya no existe), situado como a un cuarto de legua de la población, entre el pie de suave colina poblada de guindos y cerezos y una fertilísima huerta que servía de margen (y algunas veces de lecho) al titular intermitente y traicionero río.

Por varias y diversas razones, hacía ya algún tiempo que aquel molino era el predilecto punto de llegada y descanso de los paseantes más caracterizados de la mencionada ciudad... Primeramente, conducía a él un camino carretero, menos intransitable que los restantes de aquellos contornos. En segundo lugar, delante del molino había una plazoletilla empedrada, cubierta por un parral enorme, debajo del cual se tomaba muy bien el fresco en el verano y el sol en el invierno, merced a la alternada ida y venida de los pámpanos... En tercer lugar, el Molinero era un hombre muy respetuoso, muy discreto, muy fino, que tenía lo que se llama don de gentes, y que obsequiaba a los señorones que solían

honrarlo con su tertulia vespertina, ofreciéndoles... lo
que daba el tiempo, ora habas verdes, ora cerezas y
guindas, ora lechugas en rama y sin sazonar (que están muy buenas cuando se las acompaña de macarros
de pan de aceite; macarros que se encargaban de en-
viar por delante sus señorías), ora melones, ora uvas
de aquella misma parra que les servía de dosel, ora
rosetas de maíz, si era invierno, y castañas asadas, y
almendras, y nueces, y de vez en cuando, en las tardes
muy frías, un trago de vino de pulso (dentro ya de la
casa y al amor de la lumbre), a lo que por Pascua se
solía añadir algún pestiño, algún mantecado, algún ros-
co o alguna lonja de jamón alpujarreño.

—¿Tan rico era el Molinero, o tan imprudentes sus
tertulianos? exclamaréis interrumpiéndome.

Ni lo uno ni lo otro. El Molinero sólo tenía un pasar, y aquellos caballeros eran la delicadeza y el orgullo personificados. Pero en unos tiempos en que se pa-
gaban cincuenta y tantas contribuciones diferentes a la
Iglesia y al Estado, poco arriesgaba un rústico de tan
claras luces como aquél en tenerse ganada la voluntad
de regidores, canónigos, frailes, escribanos y demás personas de campanillas. Así es que no faltaba quien dijese
que el tío Lucas (tal era el nombre del Molinero) se
ahorraba un dineral al año a fuerza de agasajar a todo
el mundo.

—«Vuestra Merced me va a dar una puertecilla vieja
de la casa que ha derribado», decíale a uno. «Vuestra
Señoría (decíale a otro) va a mandar que me rebajen
el subsidio, o la alcabala o la contribución de frutos-
civiles.» «Vuestra Reverencia me va a dejar coger en
la huerta del Convento una poca hoja para mis gusanos
de seda.» «Vuestra Ilustrísima me va a dar permiso
para traer una poca leña del monte X.» «Vuestra Pa-
ternidad me va a poner dos letras para que me permitan
cortar una poca madera en el pinar H.» «Es menester
que me haga usarcé una escriturilla que no me cueste
nada.» «Este año no puedo pagar el censo.» «Espero
que el pleito se falle a mi favor.» «Hoy le he dado

de bofetadas a uno, y creo que debe ir a la cárcel por
haberme provocado.» «¿Tendría su merced tal cosa de
sobra?» «¿Le sirve a usted de algo tal otra?» «¿Me
puede prestar la mula?» «¿Tiene ocupado mañana el
carro?» «¿Le parece que envíe por el burro?...»

Y estas canciones se repetían a todas horas, obte-
niendo siempre por contestación un generoso y desinte-
resado... «*Como se pide.*»

Conque ya veis que el tío Lucas no estaba en camino de arruinarse.

IV. Una mujer vista por fuera

La última y acaso la más poderosa razón que tenía el *señorío* de la ciudad para frecuentar por las tardes el molino del tío Lucas, era... que, así los clérigos como los seglares, empezando por el señor obispo y el señor corregidor, podían contemplar allí a sus anchas una de las obras más bellas, graciosas y admirables que hayan salido jamás de las manos de Dios, llamado entonces el *Ser Supremo* por Jovellanos y toda la escuela afrancesada de nuestro país.

Esta obra... se denominaba «la señá Frasquita».

Empiezo por responderos de que la señá Frasquita, legítima esposa del tío Lucas, era una mujer de bien, y de que así lo sabían todos los ilustres visitantes del molino. Digo más: ninguno de éstos daba muestras de considerarla con ojos de varón ni con trastienda pecaminosa. Admirábanla, sí, y requebrábanla en ocasiones (delante de su marido, por supuesto), lo mismo los frailes que los caballeros, los canónigos que los golillas, como un prodigio de belleza que honraba a su Criador, y como una diablesa de travesura y coquetería, que alegraba inocentemente los espíritus más melancólicos. «Es un *hermoso animal*», solía decir el virtuosísimo prelado. «Es una estatua de la antigüedad helénica», observaba un abogado muy erudito, académico correspondiente de la Historia. «Es la propia estampa de Eva», prorrumpía el prior de los franciscanos. «Es una real moza», exclamaba el coronel de milicias. «Es una sierpe, una sirena, ¡un demonio!», añadía el corregidor. «Pero es una buena mujer, es un ángel, es una criatura, es una chiquilla de cuatro años», acababan por decir todos, al regresar del molino atiborrados de uvas o de nueces, en busca de sus tétricos y metódicos hogares.

La chiquilla de cuatro años, esto es, la señá Frasquita, frisaría en los treinta. Tenía más de dos varas de estatura, y era recia a proporción, o quizá más gruesa todavía de lo correspondiente a su arrogante talla. Parecía una Niobe colosal, y eso que no había tenido hijos: parecía un Hércules... hembra; parecía una matrona romana de las que aún hay ejemplares en el Trastevere. Pero lo más notable en ella era la movilidad, la ligereza, la animación, la gracia de su respetable mole. Para ser una estatua, como pretendía el académico, le faltaba el reposo monumental. Se cimbraba como un junco, giraba como una veleta, bailaba como una peonza. Su rostro era más movible todavía, y, por lo tanto, menos escultural. Avivábanlo donosamente hasta cinco hoyuelos: dos en una mejilla, otro en otra; otro muy chico, cerca de la comisura izquierda de sus rientes labios, y el último, muy grande, en medio de su redonda barba. Añadid a esto los picarescos mohínes, los graciosos guiños y las varias posturas de cabeza que amenizaban su conversación, y formaréis idea de aquella cara llena de sal y de hermosura y radiante siempre de salud y alegría.

Ni la señá Frasquita ni el tío Lucas eran andaluces: ella era navarra y él murciano. El había ido a la ciudad de ***, a la edad de quince años, como medio paje, medio criado del obispo anterior al que entonces gobernaba aquella iglesia. Educábalo su protector para clérigo, y tal vez con esta mira y para que no careciese de *congrua,* dejóle en su testamento el molino; pero el tío Lucas, que a la muerte de Su Ilustrísima no estaba ordenado más que de *menores,* ahorcó los hábitos en aquel punto y hora, y sentó plaza de soldado, más ganoso de ver mundo y correr aventuras que de decir misa o de moler trigo. En 1793 hizo la campaña de los Pirineos Occidentales, como ordenanza del valiente general don Ventura Caro; asistió al asalto del Castillo Piñón, y permaneció luego largo tiempo en las provincias del Norte, donde tomó la licencia absoluta. En Estella conoció a la señá Frasquita, que entonces sólo se llamaba *Frasquita;* la enamoró; se casó con ella, y se la llevó a Andalucía en busca de aquel molino que había de verlos tan pacíficos y dichosos durante el resto de su peregrinación por este valle de lágrimas y risas.

La señá Frasquita, pues, trasladada de Navarra a aquella soledad, no había adquirido ningún hábito andaluz, y se diferenciaba mucho de las mujeres campesinas de los contornos. Vestía con más sencillez, desenfado y elegancia que ellas; lavaba más sus carnes, y permitía al sol y al aire acariciar sus arremangados brazos y su descubierta garganta. Usaba, hasta cierto punto, el traje de las mujeres de Goya, el traje de la reina María Luisa: si no falda de medio paso, falda de un paso solo, sumamente corta, que dejaba ver sus menudos pies y el arranque de su soberana pierna; llevaba el escote redondo y bajo, al estilo de Madrid, donde se detuvo dos meses con su Lucas al trasladarse de Navarra a Andalucía; todo el pelo recogido en lo alto de la coronilla, lo cual dejaba campear la gallardía de su cabeza y de su cuello; sendas arracadas en las diminutas orejas, y muchas sortijas en los afilados dedos de sus duras pero limpias manos. Por último: la voz de la señá Frasquita tenía todos los tonos del más extenso y melodioso instrumento, y su carcajada era tan alegre y argentina, que parecía un repique de Sábado de Gloria.

Retratemos ahora al tío Lucas.

V.   Un hombre visto por fuera y por dentro

El tío Lucas era más feo que Picio. Lo había sido
toda su vida, y ya tenía cerca de cuarenta años. Sin embargo, pocos hombres tan simpáticos y agradables habrá echado Dios al mundo. Prendado de su viveza, de
su ingenio y de su gracia, el difunto obispo se lo pidió
a sus padres, que eran pastores, no de almas, sino de
verdaderas ovejas. Muerto Su Ilustrísima, y dejado que
hubo el mozo el seminario por el cuartel, distinguiólo
entre todo su ejército el general Caro, y lo hizo su ordenanza más íntimo, su verdadero criado de campaña.
Cumplido, en fin, el empeño militar, fuele tan fácil al
tío Lucas rendir el corazón de la señá Frasquita, como
fácil le había sido captarse el aprecio del general y del
prelado. La navarra, que tenía a la sazón veinte abri-
les, y era el ojo derecho de todos los mozos de Estella,
algunos de ellos bastante ricos, no pudo resistir a los
continuos donaires, a las chistosas ocurrencias, a los
ojillos de enamorado mono y a la bufona y constante
sonrisa, llena de malicia, pero también de dulzura, de
aquel murciano tan atrevido, tan locuaz, tan avisado,

tan dispuesto, tan valiente y tan gracioso, que acabó
por trastornar el juicio, no sólo a la codiciada beldad,
sino también a su padre y a su madre.

Lucas era en aquel entonces, y seguía siendo en la
fecha a que nos referimos, de pequeña estatura (a los
menos con relación a su mujer), un poco cargado de
espaldas, muy moreno, barbilampiño, narigón, orejudo
y picado de viruelas. En cambio, su boca era regular y
su dentadura inmejorable. Dijérase que sólo la corteza
de aquel hombre era tosca y fea; que tan pronto como
empezaba a penetrarse dentro de él aparecían sus perfecciones, y que estas perfecciones principiaban en los
dientes. Luego venía la voz, vibrante, elástica, atractiva;
varonil y grave algunas veces, dulce y melosa cuando
pedía algo, y siempre difícil de resistir. Llegaba después lo que aquella voz decía: todo oportuno, discreto,
ingenioso, persuasivo... Y, por último, en el alma del
tío Lucas había valor, lealtad, honradez, sentido común, deseo de saber y conocimientos instintivos o em-
píricos de muchas cosas, profundo desdén a los necios,
cualquiera que fuese su categoría social, y cierto espíritu de ironía, de burla y de sarcasmo, que le hacían
pasar, a los ojos del académico, por un don Francisco
de Quevedo en bruto.

Tal era por dentro y por fuera el tío Lucas.

VI. Habilidades de los dos cónyuges

Amaba, pues, locamente la señá Frasquita al tío Lucas, y considerábase la mujer más feliz del mundo al verse adorada por él. No tenían hijos, según que ya sabemos, y habíase consagrado cada uno a cuidar y mimar al otro con esmero indecible, pero sin que aquella tierna solicitud ostentase el carácter sentimental y empalagoso, por lo zalamero, de casi todos los matrimonios sin sucesión. Al contrario, tratábanse con una llaneza, una alegría, una broma y una confianza semejantes a las de aquellos niños, camaradas de juegos y de diversiones, que se quieren con toda el alma sin decírselo jamás, ni darse a sí mismo cuenta de lo que sienten.

¡Imposible que haya habido sobre la tierra molinero mejor peinado, mejor vestido, más regalado en la mesa, rodeado de más comodidades en su casa, que el tío Lucas! ¡Imposible que ninguna molinera ni ninguna reina haya sido objeto de tantas atenciones, de tantos agasajos, de tantas finezas como la señá Frasquita! ¡Imposible también que ningún molino haya encerrado tantas cosas necesarias, útiles, agradables, recreativas y hasta superfluas, como el que va a servir de teatro a casi toda la presente historia!

Contribuía mucho a ello que la señá Frasquita, la pulcra, hacendosa, fuerte y saludable navarra, sabía [quería] y podía guisar, coser, bordar, barrer, hacer dulce, lavar, planchar, blanquear la casa, fregar el cobre, amasar, tejer, hacer media, cantar, bailar, tocar la guitarra y los palillos, jugar a la brisca y al tute, y otras muchísimas cosas cuya relación fuera interminable. Y contribuía no menos al mismo resultado el que el tío Lucas sabía, quería y podía dirigir la molienda, cultivar el campo, cazar, pescar, trabajar de carpintero, de herrero y de albañil, ayudar a su mujer en todos los quehaceres de la casa, leer, escribir, contar, etc., etc.

Y esto sin hacer mención de los ramos de lujo, o sea, de sus habilidades extraordinarias.

Por ejemplo: el tío Lucas adoraba las flores (lo mismo que su mujer), y era floricultor tan consumado, que había conseguido producir *ejemplares* nuevos por medio de laboriosas combinaciones. Tenía algo de ingeniero natural, y lo había demostrado construyendo una presa, un sifón y un acueducto que triplicaron el agua del molino. Había enseñado a bailar a un perro, domesticado una culebra, y hecho que un loro diese la hora por medio de gritos, según las iba marcando un reloj de sol que el molinero había trazado en una pared; de cuyas resultas, el loro daba ya la hora con toda precisión, hasta en los días nublados y durante la noche.

Finalmente: en el molino había una huerta, que producía toda clase de frutas y legumbres; un estanque encerrado en una especie de quiosco de jazmines, donde se bañaban en verano el tío Lucas y la señá Frasquita; un jardín; una estufa o invernadero para las plantas exóticas; una fuente de agua potable; dos burras en que el matrimonio iba a la ciudad o a los pueblos de las cercanías; gallinero, palomar, pajarera, criadero de peces, criadero de gusanos de seda; colmenas, cuyas abejas libaban en los jazmines; jaraíz o lagar, con su bodega correspondiente, ambas cosas en miniatura; horno, telar, fragua, taller de carpintería, etc., etc., todo ello reducido a una casa de ocho habitaciones y a dos fanegas de tierra, y tasado en la cantidad de diez mil reales.

VII. El fondo de la felicidad

Adorábanse, sí, locamente el molinero y la molinera,
y aún se hubiera creído que ella lo quería más a él que
él a ella, no obstante ser él tan feo y ella tan hermosa.
Dígolo porque la señá Frasquita solía tener celos y pe-
dirle cuentas al tío Lucas cuando éste tardaba mucho
en regresar de la ciudad o de los pueblos adonde iba
por grano, mientras que el tío Lucas veía hasta con
gusto las atenciones de que era objeto la señá Frasquita
por parte de los señores que frecuentaban el molino;
se ufanaba y regocijaba de que a todos les agradase
tanto como a él, y, aunque comprendía que en el fondo del corazón se la envidiaban algunos de ellos, la
codiciaban como simpes mortales y hubieran dado cualquier cosa porque fuera menos mujer de bien, la dejaba sola días enteros sin el menor cuidado, y nunca
le preguntaba luego qué había hecho ni quién había
estado allí durante su ausencia...

No consistía aquello, sin embargo, en que el amor
del tío Lucas fuese menos vivo que el de la señá Fran-
quita. Consistía en que él tenía más confianza en la

virtud de ella que ella en la de él; consistía en que él la aventajaba en penetración, y sabía hasta qué punto era amado y cuánto se respetaba su mujer a sí misma; y consistía principalmente en que el tío Lucas era todo un hombre: un hombre como el de Shakespeare, de pocos e indivisibles sentimientos; incapaz de dudas; que creía o moría; que amaba o mataba; que no admitía gradación ni tránsito entre la suprema felicidad y el exterminio de su dicha.

Era, en fin, un *Otelo* de Murcia, con alpargatas y montera, en el primer acto de una tragedia posible...

Pero ¿a qué estas notas lúgubres en una tonadilla alegre? ¿A qué estos relámpagos fatídicos en una atmósfera tan serena? ¿A qué estas actitudes melodramáticas en un cuadro de *género?*

Vais a saberlo inmediatamente.

VIII. El hombre del sombrero de tres picos

Eran las dos de una tarde de octubre.

El esquilón de la catedral tocaba a vísperas, lo cual equivale a decir que ya habían comido todas las personas principales de la ciudad.

Los canónigos se dirigían al coro, y los seglares a sus alcobas a dormir la siesta, sobre todo aquellos que, por razón de oficio, por ejemplo, las autoridades, habían pasado la mañana entera trabajando.

Era, pues, muy de extrañar que a aquella hora, impropia además para dar un paseo, pues todavía hacía demasiado calor, saliese de la ciudad, a pie, y seguido de un solo alguacil, el ilustre señor Corregidor de la misma, a quien no podía confundirse con ninguna otra persona, ni de día ni de noche, así por la enormidad de su sombrero de tres picos y por lo vistoso de su capa de grana, como por lo particularísimo de su grotesco donaire...

De la capa de grana y del sombrero de tres picos, son muchas todavía las personas que pudieran hablar con pleno conocimiento de causa. Nosotros entre ellas, lo mismo que todos los nacidos en aquella ciudad en las

postrimerías del reinado del señor don Fernando VII,
recordamos haber visto colgados de un clavo, único
adorno de desmantelada pared, en la ruinosa torre de
la casa que habitó Su Señoría (torre destinada a la sazón a los infantiles juegos de sus nietos), aquellas dos
anticuadas prendas, aquella capa y aquel sombrero —el
negro sombrero encima, y la roja capa debajo—, formando una especie de espectro del Absolutismo, una
especie de sudario del Corregidor, una especie de caricatura retrospectiva de su poder, pintada con carbón y
almagre, como tantas otras, por los párvulos *constitu-
cionales de la de* 1837 que allí nos reuníamos; una especie, en fin, de *espanta-pájaros,* que en otro tiempo
había sido *espanta-hombres,* y que hoy me da miedo
de haber contribuido a escarnecer, paseándolo por aquella histórica ciudad, en días de Carnestolendas, en lo
alto de un deshollinador, o sirviendo de disfraz irriso-
rio al idiota que más hacía reír a la plebe… ¡Pobre
principio de autoridad! ¡Así te hemos puesto los mismos que hoy te invocamos tanto!

En cuanto al indicado grotesco donaire del señor Corregidor, consistía (dicen) en que era cargado de espaldas…, todavía más cargado de espaldas que el tío Lucas…, casi jorobado, por decirlo de una vez; de estatura menos que mediana; endeblillo; de mala salud;
con las piernas arqueadas y una manera de andar *sui
generis* (balanceándose de un lado a otro y de atrás
hacia adelante), que sólo se puede describir con la ab-
surda fórmula de que parecía cojo de los dos pies. En
cambio (añade la tradición), su rostro era regular, aunque ya bastante arrugado por la falta absoluta de dientes y muelas; moreno verdoso, como el de casi todos
los hijos de las Castillas; con grandes ojos oscuros, en
que relampagueaban la cólera, el despotismo y la lu-
juria; con finas y traviesas facciones, que no tenían
la expresión del valor personal, pero sí la de una malicia artera capaz de todo, y con cierto aire de satisfacción, medio aristocrático, medio libertino, que reve-
laba que aquel hombre habría sido, en su remota ju-

ventud, muy agradable y acepto a las mujeres, no obstante sus piernas y su joroba.

Don Eugenio de Zúñiga y Ponce de León (que así se llamaba Su Señoría) había nacido en Madrid, de familia ilustre; frisaría a la sazón en los cincuenta y cinco años, y llevaba cuatro de Corregidor en la ciudad de que tratamos, donde se casó, a poco de llegar, con la principalísima señora que diremos más adelante.

Las medias de don Eugenio (única parte que, además de los zapatos, dejaba ver de su vestido la extensísima capa de grana) eran blancas, y los zapatos negros, con hebilla de oro. Pero luego que el calor del campo lo obligó a desembozarse, vídose que llevaba gran corbata de batista; chupa de sarga de color de tórtola, muy festoneada de ramillos verdes, bordados de realce; calzón corto, negro, de seda; una enorme casaca de la misma estofa que la chupa; espadín con guarnición de acero; bastón con borlas, y un respetable par de guantes (o quirotecas) de gamuza pajiza, que no se ponía nunca y que empuñaba a guisa de cetro.

El alguacil, que seguía veinte pasos de distancia al señor Corregidor, se llamaba *Garduña,* y era la propia estampa de su nombre. Flaco, agilísimo; mirando adelante y atrás y a derecha e izquierda al propio tiempo que andaba; de largo cuello; de diminuto y repugnante rostro, y con dos manos como dos manojos de disciplinas, parecía juntamente un hurón en busca de criminales, la cuerda que había de atarlos, y el instrumento destinado a su castigo.

El primer corregidor que le echó la vista encima, le dijo sin más informes: «*Tú serás mi verdadero alguacil...*» Y ya lo había sido de cuatro corregidores.

Tenía cuarenta y ocho años, y llevaba sombrero de tres picos, mucho más pequeño que el de su señor (pues repetimos que el de éste era descomunal), capa negra como las medias y todo el traje, bastón sin borlas, y una especie de asador por la espalda.

Aquel espantajo negro parecía la sombra de su vistoso amo.

Por donde quiera que pasaban el personaje y su apéndice, los labradores dejaban sus faenas y se descubrían hasta los pies, con más miedo que respeto; después de lo cual decían en voz baja:

—¡Temprano va esta tarde el señor Corregidor a ver a la señá Frasquita!

—¡Temprano... y solo! —añadían algunos, acostumbrados a verlo siempre dar aquel paseo en compañía de otras varias personas.

—Oye, tú, Manuel: ¿por qué irá solo esta tarde el señor Corregidor a ver a la navarra? —le preguntó una lugareña a su marido, el cual la llevaba a grupas en la bestia.

Y, al mismo tiempo que la pregunta, le hizo cosquillas por vía del retintín.

—¡No seas mal pensada, Josefa! —exclamó el buen hombre—. La señá Frasquita es incapaz...

—No digo lo contrario... Pero el Corregidor no es por eso incapaz de estar enamorado de ella... Yo he oído decir que, de todos los que van a las francachelas

57

del molino, el único que lleva mal fin es ese madrileño tan afacionado a faldas...

—¿Y qué sabes tú si es o no aficionado a faldas? —preguntó a su vez el marido.

—No lo digo por mí... ¡Ya se hubiera guardado, por más corregidor que sea de decirme los ojos tienes negros!

La que así hablaba era fea en grado superlativo.

—Pues mira, hija, ¡allá ellos! —replicó el llamado Manuel—. Yo no creo al tío Lucas hombre de consentir... ¡Bonito genio tiene el tío Lucas cuando se enfada!...

—Pero, en fin, ¡si ve que le conviene!... —añadió la tía Josefa, retorciendo el hocico.

—El tío Lucas es hombre de bien... —repuso el lugareño—; y a un hombre de bien nunca pueden convenirle ciertas cosas...

—Pues entonces, tienes razón. ¡Allá ellos! ¡Si yo fuera la señá Frasquita!...

—¡Arre, burra! —gritó el marido para mudar de conversación.

Y la burra salió al trote; con lo que no pudo oírse el resto del diálogo.

Mientras así discurrían los labriegos que saludaban al señor Corregidor, la señá Frasquita regaba y barría cuidadosamente la plazoletilla empedrada que servía de atrio o compás al molino, y colocaba media docena de sillas debajo de lo más espeso del emparrado, en el cual estaba subido el tío Lucas, cortando los mejores racimos y arreglándolos artísticamente en una cesta.

—¡Pues sí, Frasquita! —decía el tío Lucas desde lo alto de la parra—: el señor Corregidor está enamorado de ti de muy mala manera...

—Ya te lo dije yo hace tiempo —contestó la mujer del Norte—... Pero ¡déjalo que pene! ¡Cuidado, Lucas, no te vayas a caer!

—Descuida: estoy bien agarrado...; también le gustas mucho al señor...

—¡Mira! ¡No me des más noticias! —interrumpió ella—. ¡Demasiado sé yo a quién le gusto y a quién no le gusto! ¡Ojalá supiera del mismo modo por qué no te gusto a ti!

—¡Toma! Porque eres muy fea... —contestó el tío Lucas.

—Pues [oye]..., ¡fea y todo, soy capaz de subir a la parra y echarte de cabeza al suelo!...

—Más fácil sería que yo no te dejase bajar de la parra sin comerte viva...

—¡Eso es!... ¡Y cuando vinieran mis galanes y nos viesen ahí, dirían que éramos un mono y una mona!...

—Y acertarían; porque tú eres muy mona y muy rebonita, y yo parezco un mono con esta joroba...

—Que a mí me gusta muchísimo...

—Entonces te gustará más la del Corregidor, que es mayor que la mía...

—¡Vamos! ¡Vamos! señor don Lucas... ¡No tenga usted tantos celos!

—¿Celos yo de ese viejo petate? ¡Al contrario; me alegro muchísimo de que te quiera!...

—¿Por qué?

—Porque en el pecado lleva la penitencia. ¡Tú no has de quererlo nunca, y yo soy entretanto el verdadero Corregidor de la ciudad!

—¡Miren el vanidoso! Pues figúrate que llegase a quererlo... ¡Cosas más raras se ven en el mundo!

—Tampoco me daría gran cuidado...

—¿Por qué?

—¡Porque entonces tú no serías ya tú; y, no siendo tú quien eres, o como yo creo que eres, maldito lo que me importaría que te llevasen los demonios!

—Pues bien; ¿qué harías en semejante caso?

—¿Yo? ¡Mira lo que no sé!... Porque, como entonces yo sería otro y no el que soy ahora, no puedo figurarme lo que pensaría ...

—¿Y por qué serías entonces otro? —insistió valientemente la señá Frasquita, dejando de barrer y poniéndose en jarras para mirar hacia arriba.

El tío Lucas se rascó la cabeza, como si escarbara para sacar de ella alguna idea muy profunda, hasta que al fin dijo con más seriedad y pulidez que de costumbre:

—Sería otro porque yo soy ahora un hombre que cree en ti como en sí mismo, y que no tiene más vida que esa fe. De consiguiente, al dejar de creer en ti me moriría o me convertiría en un nuevo hombre; viviría de otro modo; me parecería que acababa de nacer; tendría otras entrañas. Ignoro, pues, lo que haría entonces contigo... Puede que me echara a reír y te volviera la espalda... Puede que ni siquiera te conociese ...Puede que... Pero ¡vaya un gusto que tenemos en ponernos de mal humor sin necesidad! ¿Qué nos importa a nosotros que te quieran todos los corregidores del mundo? ¿No eres tú mi Frasquita?

—¡Sí, pedazo de bárbaro! —contestó la navarra, riendo a más no poder—. Yo soy tu Frasquita, y tú eres mi Lucas de mi alma, más feo que el bu, con más talento que todos los hombres, más bueno que el pan, y más querido... ¡Ah, lo que es eso de *querido*, cuando bajes de la parra lo verás! ¡Prepárate a llevar más bofetadas y pellizcos que pelos tienes en la cabeza! Pero, ¡calla! ¿Qué es lo que veo? El señor Corregidor viene por allí completamente solo... ¡Y tan tempranito!... Ese trae plan... ¡Por lo visto, tú tenías razón!...

—Pues aguántate, y no le digas que estoy subido en la parra. ¡Ese viene a declararse a solas contigo, creyendo pillarme durmiendo la siesta!... Quiero divertirme oyendo su explicación.

Así dijo el tío Lucas, alargando la cesta a su mujer.

—¡No está mal pensado! —exclamó ella, lanzando nuevas carcajadas—. ¡El demonio del madrileño! ¿Qué se habrá creído que es un corregidor para mí? Pero aquí llega... Por cierto que Garduña, que lo seguía a alguna distancia, se ha sentado en la ramblilla a la sombra... ¡Qué majadería! Ocúltate tú bien entre los pámpanos, que nos vamos a reír más de lo que te figuras...

Y, dicho esto, la hermosa navarra rompió a cantar el fandango, que ya le era tan familiar como las canciones de su tierra.

XI. El bombardeo de Pamplona

—Dios te guarde, Frasquita... —dijo el Corregidor a media voz, apareciendo bajo el emparrado y andando de puntillas.

—¡Tanto bueno, señor Corregidor! —respondió ella en voz natural, haciéndole mil reverencias—. ¡Usía por aquí a estas horas! ¡Y con el calor que hace! ¡Vaya, siéntese Su Señoría! ... Esto está fresquito. ¿Cómo no ha aguardado Su Señoría a los demás señores? Aquí tienen ya preparados sus asientos... Esta tarde esperamos al señor Obispo en persona, que le ha prometido a mi Lucas venir a probar las primeras uvas de la parra. ¿Y cómo lo pasa Su Señoría? ¿Cómo está la Señora?

El Corregidor se había turbado. La ansiada soledad en que encontraba a la señá Frasquita le parecía un sueño, o un lazo que le tendía la enemiga suerte para hacerle caer en el abismo de un desengaño.

Limitóse, pues, a contestar:

—No es tan temprano como dices ...Serán las tres y media...

El loro dio en aquel momento un chillido.

—Son las dos y cuarto —dijo la navarra, mirando de hito en hito al madrileño.

Este calló, como reo convicto que renuncia a la defensa.

—¿Y Lucas? ¿Duerme? —preguntó al cabo de un rato.

(Debemos advertir aquí que el Corregidor, lo mismo que todos los que no tienen dientes, hablaba con una pronunciación floja y sibilante, como si se estuviese comiendo sus propios labios.)

—¡De seguro! —contestó la señá Frasquita—. En llegando estas horas se queda dormido donde primero le coge, aunque sea en el borde de un precipicio...

—Pues, mira... ¡déjalo dormir!... —exclamó el viejo Corregidor, poniéndose más pálido de lo que ya era—. Y tú, mi querida Frasquita, escúchame..., oye..., ven acá... ¡Siéntate aquí, a mi lado!... Tengo muchas cosas que decirte...

—Ya estoy sentada —respondió la Molinera, agarrando una silla baja y plantándola delante del Corregidor, a cortísima distancia de la suya.

Sentado que se hubo, Frasquita echó una pierna sobre la otra, inclinó el cuerpo hacia adelante, apoyó un codo sobre la rodilla cabalgadora, y la fresca y hermosa cara en una de sus manos; y así, con la cabeza un poco ladeada, la sonrisa en los labios, los cinco hoyos en actividad, y las serenas pupilas clavadas en el Corregidor, aguardó la declaración de Su Señoría. Hubiera podido comparársela con Pamplona esperando un bombardeo.

El pobre hombre fue a hablar, y se quedó con la boca abierta, embelesado ante aquella grandiosa hermosura, ante aquella esplendidez de gracias, ante aquella formidable mujer, de alabastrino color, de lujosas carnes, de limpia y riente boca, de azules e insondables ojos, que parecía creada por el pincel de Rubens.

—¡Frasquita!... —murmuró al fin el delegado del Rey, con acento desfallecido, mientras que su marchito rostro, cubierto de sudor, destacándose sobre su joroba, expresaba una inmensa angustia—. ¡Frasquita!...

—¡Me llamo! —contestó la hija de los Pirineos—. ¿Y qué?

—Lo que tú quieras... —repuso el viejo con una ternura sin límites.

—Pues lo que yo quiero... —dijo la Molinera—, ya lo sabe Usía. Lo que yo quiero es que Usía nombre secretario del ayuntamiento de la ciudad a un sobrino mío que tengo en Estella..., y que así podrá venirse de aquellas montañas, donde está pasando muchos apuros...

—Te he dicho, Frasquita, que eso es imposible. El secretario actual ...

—¡Es un ladrón, un borracho y un bestia!

—Ya lo sé... Pero tiene buenas aldabas entre los regidores perpetuos, y yo no puedo nombrar otro sin acuerdo del cabildo. De lo contrario, me expongo...

—¡Me expongo!... ¡Me expongo!... ¿A qué no nos expondríamos por Vuestra Señoría hasta los gatos de esta casa?

—¿Me querrías a ese precio? —tartamudeó el Corregidor.

—No, señor; que lo quiero a Usía de balde.

—¡Mujer, no me des tratamiento! Háblame de usted o como se te antoje... ¿Conque vas a quererme? Di.

—¿No le digo a usted que lo quiero ya?

—Pero...

—No hay pero que valga. ¡Verá usted qué guapo y qué hombre de bien es mi sobrino!

—¡Tú sí que eres guapa, Frascuela!...

—¿Le gusto a usted?

—¡Que si me gustas!... ¡No hay mujer como tú!

—Pues mire usted... Aquí no hay nada postizo... —contestó la señá Frasquita, acabando de arrollar la manga de su jubón, y mostrando al Corregidor el resto de su brazo, digno de una cariátide y más blanco que una azucena.

—¡Que si me gustas!... —prosiguió el Corregidor—. ¡De día, de noche, a todas horas, en todas partes, sólo pienso en ti!...

—¡Pues, qué! ¿No le gusta a usted la señora Corregidora? —preguntó la señá Frasquita con tan mal fingida compasión, que hubiera hecho reír a un hipocondríaco—. ¡Qué lástima! Mi Lucas me ha dicho que tuvo el gusto de verla y de hablarle cuando fue a componerle a usted el reloj de la alcoba, y que es muy guapa, muy buena y de un trato muy cariñoso.

—¡No tanto! ¡No tanto! —murmuró el Corregidor con cierta amargura.

—En cambio, otros me han dicho —prosiguió la Molinera— que tiene muy mal genio, que es muy celosa y que usted le tiembla más que a una vara verde...

—¡No tanto, mujer!... —repitió don Eugenio de Zúñiga y Ponce de León, poniéndose colorado—. ¡Ni tanto ni tan poco! La Señora tiene sus manías, es cierto...; mas de ello a hacerme temblar, hay mucha diferencia. ¡Yo soy el Corregidor!...

—Pero, en fin, ¿la quiere usted, o no la quiere?

—Te diré... Yo la quiero mucho... o, por mejor decir, la quería antes de conocerte. Pero desde que te vi, no sé lo que me pasa, y ella misma conoce que me pasa algo... Bástete saber que hoy... tomarle, [por ejemplo], la cara a mi mujer me hace la misma operación que si me la tomara a mí propio... ¡Ya ves, que no puedo quererla más ni sentir menos!... ¡Mientras que por coger esa mano, ese brazo, esa cara, esa cintura, daría lo que tengo!

Y, hablando así, el Corregidor trató de apoderarse del brazo desnudo que la señá Frasquita le estaba refregando materialmente por los ojos; pero ésta, sin descomponerse, extendió la mano, tocó el pecho de Su Señoría con la pacífica violencia e incontrastable rigidez de la trompa de un elefante, y lo tiró de espaldas con silla y todo.

—¡Ave María Purísima! —exclamó entonces la navarra, riéndose a más no poder—. Por lo visto, esa silla estaba rota...

—¿Qué pasa ahí? —exclamó en esto el tío Lucas, asomando su feo rostro entre los pámpanos de la parra.

El Corregidor estaba todavía en el suelo boca arriba, y miraba con un terror indecible a aquel hombre que aparecía en los aires boca abajo.

Hubiérase dicho que Su Señoría era el diablo, vencido, no por San Miguel, sino por otro demonio del Infierno.

—¿Qué ha de pasar? —se apresuró a responder la señá Frasquita—. ¡Que el señor Corregidor puso la silla en vago, fue a mecerse, y se ha caído!...

—¡Jesús, María y José! —exclamó a su vez el Molinero—. ¿Y se ha hecho daño Su Señoría? ¿Quiere un poco [de] agua y vinagre?

—¡No me he hecho nada! —exclamó el Corregidor, levantándose como pudo.

Y luego añadió por lo bajo, pero de modo que pudiera oírlo la señá Frasquita:

—¡Me la pagaréis!

—Pues, en cambio, Su Señoría me ha salvado a mí la vida —repuso el tío Lucas sin moverse de lo alto de la parra—. Figúrate, mujer, que estaba yo aquí sentado contemplando las uvas, cuando me quedé dormido sobre una red de sarmientos y palos que dejaban claros suficientes para que pasase mi cuerpo... Por consiguiente, si la caída de Su Señoría no me hubiese despertado tan a tiempo, esta tarde me habría yo roto la cabeza contra esas piedras.

—Conque sí..., ¿eh?... —replicó el Corregidor—. Pues, ¡vaya, hombre!, me alegro... ¡Te digo que me alegro mucho de haberme caído!

—¡Me la pagarás! —agregó en seguida, dirigiéndose a la Molinera.

Y pronunció estas palabras con tal expresión de reconcentrada furia, que la señá Frasquita se puso triste.

Veía claramente que el Corregidor se asustó al principio, creyendo que el Molinero lo había oído todo; pero que persuadido ya de que no había oído nada (pues la calma y el disimulo del tío Lucas hubieran engaña-

do al más lince), empezaba a abandonarse a toda su
iracundia y a concebir planes de venganza.

—¡Vamos! ¡Bájate ya de ahí y ayúdame a limpiar
a Su Señoría, que se ha puesto perdido de polvo! —exclamó entonces la Molinera.

Y mientras el tío Lucas bajaba, díjole ella al Corregidor, dándole golpes con el delantal en la chupa y
alguno que otro en las orejas:

—El pobre no ha oído nada... Estaba dormido como
un tronco...

Más que estas frases, la circunstancia de haber sido
dichas en voz baja, afectando complicidad y secreto,
produjo un efecto maravilloso.

—¡Pícara! ¡Proterva! —balbuceó don Eugenio de
Zúñiga con la boca hecha un agua, pero gruñendo todavía...

—¿Me guardará Usía rencor? —replicó la navarra
zalameramente.

Viendo el Corregidor que la severidad le daba buenos resultados, intentó mirar a la señá Frasquita con
mucha rabia; pero se encontró con su tentadora risa
y sus divinos ojos, en los cuales brillaba la caricia de
una súplica, y derritiéndosele la gacha en el acto, le
dijo con un acento baboso y silbante, en que se des-
cubría más que nunca la ausencia total de dientes y
muelas:

—¡De ti depende, amor mío!

En aquel momento se descolgó de la parra el tío
Lucas.

XII. Diezmos y primicias

Repuesto el Corregidor en su silla, la Molinera dirigió una rápida mirada a su esposo y viole, no sólo tan sosegado como siempre, sino reventando de ganas de reír por resultas de aquella ocurrencia; cambió con él desde lejos un beso tirado, aprovechando el [primer] descuido de don Eugenio, y díjole, en fin, a éste con una voz de sirena que le hubiera envidiado Cleopatra:

—¡Ahora va Su Señoría a probar mis uvas!

Entonces fue de ver a la hermosa navarra (y así la pintaría yo, si tuviese el pincel de Tiziano), plantada enfrente del embelesado Corregidor, fresca, magnífica, incitante, con sus nobles formas, con su angosto vestido, con su elevada estatura, con sus desnudos brazos levantados sobre la cabeza, y con un transparente racimo en cada mano, diciéndole, entre una sonrisa irresistible y una mirada suplicante en que titilaba el miedo:

—Todavía no las ha probado el señor Obispo... Son las primeras que se cogen este año...

Parecía una gigantesca Pomoma, brindando frutos a un dios campestre; a un sátiro, por ejemplo.

En esto apareció al extremo de la plazoleta empedrada el venerable Obispo de la diócesis, acompañado del abogado académico y de dos canónigos de avanzada edad, y seguido de su secretario, de dos familiares y de dos pajes.

Detúvose un rato Su Ilustrísima a contemplar aquel cuadro tan cómico y tan bello, hasta que, por último, dijo, con el reposado acento propio de los prelados de entonces:

—*El quinto, pagar diezmos y primicias a la Iglesia de Dios,* nos enseña la doctrina cristiana; pero usted, señor Corregidor, no se contenta con administrar el diezmo, sino que también trata de comerse las primicias.

—¡El señor Obispo! —exclamaron los Molineros, dejando al Corregidor y corriendo a besar el anillo al prelado.

—¡Dios se lo pague a Su Ilustrísima, por venir a honrar esta pobre choza! —dijo el tío Lucas, besando el primero, y con acento de muy sincera veneración.

—¡Qué señor Obispo tengo tan hermoso! —exclamó la señá Frasquita, besando después—. ¡Dios lo bendiga y me lo conserve más años que le conservó el suyo a mi Lucas!

—¡No sé que falta puedo hacerte, cuando tú me echas las bendiciones, en vez de pedírmelas! —contestó riéndose el bondadoso pastor.

Y, extendiendo dos dedos, bendijo a la señá Frasquita y después a los demás cirunstantes.

—¡Aquí tiene Usía Ilustrísima las *primicias!* —dijo el Corregidor, tomando un racimo de manos de la Molinera y presentándoselo cortésmente al Obispo—. Todavía no había yo probado las uvas...

El Corregidor pronunció estas palabras, dirigiendo de paso una rápida y cínica mirada a la espléndida hermosura de la Molinera.

—¡Pues no será porque estén verdes, como las de la fábula! —observó el académico.

—Las de la fábula —expuso el Obispo— no estaban
verdes, señor licenciado; sino fuera del alcance de la
zorra.

Ni el uno ni el otro habían querido acaso aludir al
Corregidor; pero ambas frases fueron casualmente tan
adecuadas a lo que acababa de suceder allí, que don
Eugenio de Zúñiga se puso lívido de cólera, y dijo,
besando el anillo del prelado:

—¡Eso es llamarme zorro, Señor Ilustrísimo!

—*Tu dixisti!* —replicó éste con la afable severidad
de un santo, como diz que lo era en efecto—. *Excusa-
tio non petita, accusatio manifesta. Qualis vir, talis ora-
tio.* Pero *satis jam dictum, nullus ultra sit sermo.* O,
lo que es lo mismo, dejémonos de latines, y veamos
estas famosas uvas.

Y picó... una sola vez... en el racimo que le pre-
sentaba el Corregidor.

—¡Están muy buenas! —exclamó, mirando aquella
uva al trasluz y alargándosela en seguida a su secretario—. ¡Lástima que a mí me sienten mal!

El secretario contempló también la uva; hizo un gesto de cortesana admiración, y la entregó a uno de los
familiares.

El familiar repitió la acción del Obispo y el gesto
del secretario, propasándose hasta oler la uva, y luego... la colocó en la cesta con escrupuloso cuidado, no
sin decir en voz baja a la concurrencia:

—Su Ilustrísima ayuna...

El tío Lucas, que había seguido la uva con la vista,
la cogió entonces disimuladamente, y se la comió sin
que nadie lo viera.

Después de esto, sentáronse todos: hablóse de la oto-
ñada (que seguía siendo muy seca, no obstante haber
pasado el cordonazo de San Francisco); discurrióse
algo sobre la probabilidad de una nueva guerra entre
Napoleón y el Austria; insistióse en la creencia de que
las tropas imperiales no invadirían nunca el territorio
español; quejóse el abogado de lo revuelto y calami-
toso de aquella época, envidiando los tranquilos tiem-

pos de sus padres (como sus padres habrían envidiado los de sus abuelos); dio las cinco el loro..., y, a una seña del reverendo Obispo, el menor de los pajes fue al coche episcopal (que se había quedado en la misma ramblilla que el alguacil), y volvió con una magnífica torta sobada, de pan de aceite, polvoreada de sal, que apenas haría una hora había salido del horno: colocóse una mesilla en medio del concurso; descuartizóse la torta; se dio su parte correspondiente, sin embargo de que se resistieron mucho, al tío y a la señá Frasquita..., y una igualdad verdaderamente democrática reinó durante media hora bajo aquellos pámpanos que filtraban los últimos resplandores del sol poniente...

XIII. Le dijo el grajo al cuervo

Hora y media después todos los ilustres compañeros de merienda estaban de vuelta en la ciudad.

El señor Obispo y su *familia* habían llegado con bastante anticipación, gracias al coche, y hallábanse ya *en palacio,* donde los dejaremos rezando sus devociones.

El insigne abogado (que era muy seco) y los dos canónigos (a cual más grueso y respetable) acompañaron al Corregidor hasta la puerta del Ayuntamiento (donde Su Señoría dijo tener que trabajar), y tomaron luego el camino de sus respectivas casas, guiándose por las estrellas como los navegantes, o sorteando a tientas las esquinas, como los ciegos; pues ya había cerrado la noche, aún no había salido la luna, y el alumbrado público (lo mismo que las demás luces de este siglo) todavía estaba allí en la mente divina.

En cambio, no era raro ver discurrir por algunas calles tal o cual linterna o farolillo con que respetuoso servidor alumbraba a sus magníficos amos, quienes se dirigían a la habitual tertulia o de visita a casa de sus parientes...

Cerca de casi todas las rejas bajas se veía (o se olfateaba, por mejor decir), un silencioso bulto negro. Eran galanes que, al sentir pasos, habían dejado por un momento de pelar la pava...

—¡Somos unos calaveras! —iban diciendo el abogado y los dos canónigos—. ¿Qué pensarán en nuestras casas al vernos llegar a estas horas?

—Pues ¿qué dirán los que nos encuentren en la calle, de este modo, a las siete y pico de la noche, como unos bandoleros amparados de las tinieblas?

—Hay que mejorar de conducta...

[—¡Ah! Sí... ¡Pero] ese dichoso molino!...

—Mi mujer lo tiene sentado en la boca del estómago ...—dijo el académico, con un tono en que se traslucía mucho miedo a la próxima pelotera conyugal.

—Pues ¿y mi sobrina? —exclamó uno de los canónigos, que por cierto era penitenciario—. Mi sobrina dice que los sacerdotes no deben visitar comadres...

—Y, sin embargo —interrumpió su compañero, que era magistral—, lo que allí pasa no puede ser más inocente...

—¡Toma! ¡Como que va el mismísimo Obispo!

—Y luego, señores, ¿a nuestra edad!... —repuso el penitenciario—. Yo he cumplido ayer los setenta y cinco.

—¡Es claro! —replicó el magistral—. Pero hablemos de otra cosa: ¡qué guapa estaba esta tarde la señá Frasquita!

—¡Oh, lo que es eso...; como guapa, es guapa! —dijo el abogado, afectando imparcialidad.

—Muy guapa... —replicó el penitenciario dentro del embozo.

—Y si no —añadió el predicador *de Oficio*—, que se lo pregunten al Corregidor.

—¡El pobre hombre está enamorado de ella!...

—¡Ya lo creo! —exclamó el confesor de la catedral.

—¡De seguro! —agregó el académico correspondiente—. Conque, señores, yo tomo por aquí para llegar antes a casa... ¡Muy buenas noches!

—Buenas noches... —le contestaron los capitulares. Y anduvieron algunos pasos en silencio.

—¡También le gusta a ése la Molinera! —murmuró entonces el magistral, dándole con el codo al penitenciario.

—¡Como si lo viera! —respondió éste, parándose a la puerta de su casa—. ¡Y qué bruto es! Conque, hasta mañana, compañero. Que le sienten a usted muy bien las uvas.

—Hasta mañana, si Dios quiere... Que pase usted muy buena noche.

—¡Buenas noches nos dé Dios! —rezó el penitenciario, ya desde el portal, que por más señas tenía farol y Virgen.

Y llamó a la aldaba.

Una vez solo en la calle, el otro canónigo (que era más ancho que alto, y que parecía que rodaba al andar) siguió avanzando lentamente hacia su casa; pero, antes de llegar a ella, cometió contra una pared cierta falta que en el porvenir había de ser objeto de un bando de policía, y dijo al mismo tiempo, pensando sin duda en su cofrade de coro:

—¡También te gusta a ti la señá Frasquita!... ¡Y la verdad es —añadió al cabo de un momento— que, como guapa, es guapa!

XIV. Los consejos de Garduña

Entretanto, el Corregidor había subido al Ayuntamiento, acompañado de Garduña, con quien mantenía hacía rato, en el salón de sesiones, una conversación más familiar de lo correspondiente a persona de su calidad y oficio.

—¡Crea Usía a un perro perdiguero que conoce la caza! —decía el innoble alguacil—. La señá Frasquita está perdidamente enamorada de Usía, y todo lo que Usía acaba de contarme contribuye a hacérmelo ver más claro que esa luz...

Y señalaba un velón de Lucena, que apenas si esclarecía la octava parte del salón.

—¡No estoy yo tan seguro como tú, Garduña! —contestó don Eugenio, suspirando [lánguidamente].

—¡Pues no sé por qué! Y, si no, hablemos con franqueza. Usía (dicho sea con perdón) tiene una tacha en su cuerpo... ¿No es verdad?

—¡Bien, sí! —repuso el Corregidor—. Pero esa tacha la tiene también el tío Lucas. ¡El es más jorobado que yo!

—¡Mucho más! ¡Muchísimo más!, ¡sin comparación de ninguna especie! Pero en cambio (y es a lo que iba), Usía tiene una cara de muy buen ver..., lo que se dice una bella cara..., mientras que el tío Lucas se parece al sargento Utrera, que reventó de feo.

El Corregidor sonrió con cierta ufanía.

—Además —prosiguió el alguacil—, la señá Frasquita es capaz de tirarse por una ventana con tal de agarrar el nombramiento de su sobrino...

—¡Hasta ahí estamos de acuerdo! ¡Ese nombramiento es mi única esperanza!

—¡Pues manos a la obra, señor! Ya le he explicado a Usía mi plan... ¡No hay más que ponerlo en ejecución esta misma noche!

—¡Te he dicho [muchas veces] que no necesito consejos! —gritó don Eugenio, acordándose de pronto de que hablaba con un inferior.

—Creí que Usía me los había pedido —balbuceó Garduña.

—¡No me repliques!

Garduña saludó.

—¿Conque decías —prosiguió el de Zúñiga [volviendo a amansarse]—, que esta misma noche puede arreglarse todo eso? Pues ¡mira [hijo!], me parece muy bien. ¡Qué diablos! ¡Así saldré pronto de esta cruel incertidumbre!

Garduña guardó silencio.

El Corregidor se dirigió al bufete y escribió algunas líneas en un pliego de papel sellado, que selló también por su parte, guardándoselo luego en la faltriquera.

—¡Ya está hecho el nombramiento del sobrino! —dijo entonces tomando un polvo de rapé—. ¡Mañana me las compondré yo con los regidores..., y, o lo ratifican con un acuerdo, o habrá la de San Quintín! ¿No te parece que hago bien?

—¡Eso!, ¡eso! —exclamó Garduña entusiasmado, metiendo la zarpa en la caja del Corregidor y arrebatándole un polvo—. ¡Eso!, ¡eso! El antecesor de Usía no se paraba tampoco en barras. Cierta vez...

—¡Déjate de bachillerías! —repuso el Corregidor, sacudiéndole una guantada en la ratera mano—. Mi antecesor era una bestia, cuando te tuvo de alguacil. Pero vamos a lo que importa. Acabas de decirme que el molino del tío Lucas pertenece al término del lugarcillo inmediato, y no al de esta población... ¿Estás seguro de ello?

—¡Segurísimo! La jurisdicción de la ciudad acaba en la ramblilla donde yo me senté esta tarde a esperar que Vuestra Señoría... ¡Voto a Lucifer! ¡Si yo hubiera estado en su caso!

—¡Basta! —gritó don Eugenio—. ¿Eres un insolente!

Y, cogiendo media cuartilla de papel, escribió una esquela, cerróla, doblándole un pico, y se la entregó a Garduña.

—Ahí tienes —le dijo al mismo tiempo— la carta que me has pedido para el alcalde del lugar. Tú le explicarás de palabra todo lo que tiene que hacer. ¡Ya ves que sigo tu plan al pie de la letra! ¡Desgraciado de ti si me metes en un callejón sin salida!

—¡No hay cuidado! —contestó Garduña—. El señor Juan López tiene mucho que temer, y en cuanto vea la firma de Usía, hará todo lo que yo le mande. ¡Lo menos le debe mil fanegas de grano al Pósito Real, y otro tanto al Pósito Pío!... Esto último contra toda ley, pues no es ninguna viuda ni ningún labrador pobre para recibir el trigo sin abonar creces ni recargo, sino un jugador, un borracho y un sinvergüenza muy amigo de faldas, que trae escandalizado al pueblecillo... ¡Y aquel hombre ejerce autoridad!... ¡Así anda el mundo!

—¡Te he dicho que calles! ¡Me estás distrayendo! —bramó el Corregidor—. Conque vamos al asunto —añadió luego mudando de tono—. Son las siete y cuarto... Lo primero que tienes que hacer es ir a casa y advertirle a la Señora que no me espere a cenar ni a dormir. Dile que esta noche me estaré trabajando aquí hasta la hora de la *queda,* y que después saldré de ronda secreta contigo, a ver si atrapamos a ciertos malhechores... En fin, engáñala bien para que se acueste descuidada. De camino, dile a otro alguacil que me traiga la cena... ¡Yo no me atrevo a aparecer esta noche delante de la Señora, pues me conoce tanto, que es capaz de leer en mis pensamientos! Encárgale a la cocinera que ponga unos pestiños de los que se hicieron hoy, y dile a Juanete que, sin que lo vea nadie, me alargue de la taberna medio cuartillo de vino blanco. En seguida te marchas al lugar, donde puedes hallarte muy bien a las ocho y media.

—¡A las ocho en punto estoy allí! —exclamó Garduña!

—¡No me contradigas! —rugió el Corregidor acordándose otra vez de que lo era.

Garduña saludó.

—Hemos dicho —continuó aquél humanizándose de nuevo— que a las ocho en punto estás en el lugar. Del lugar al molino habrá... [Yo creo que habrá una] media legua...

—Corta.

—¡No me interrumpas!

El alguacil volvió a saludar.

—Corta... —prosiguió el Corregidor—. Por consiguiente, a las diez... ¿Crees tú que a las diez?

—¡Antes de las diez! ¡A las nueve y media puede Usía llamar descuidado a la puerta del molino!

—¡Hombre! ¡No me digas a mí lo que tengo que hacer!... Por supuesto que tú estarás...

—Yo estaré en todas partes... Pero mi cuartel general será la ramblilla. ¡Ah, se me olvidaba!... Vaya Usía a pie, y no lleve linterna...

—¡Maldita la falta que me hacían tampoco esos consejos! ¿Si creerás tú que es la primera vez que salgo a campaña?

—Perdone Usía... ¡Ah! Otra cosa. No llame Usía

a la puerta grande que da a la plazoleta del emparrado, sino a la puertecilla que hay encima del caz...

—¿Encima del caz hay otra puerta? ¡Mira tú una cosa que nunca se me hubiera ocurrido!

—Sí, señor; la puertecilla del caz da al mismísimo dormitorio de los Molineros..., y el tío Lucas no entra ni sale nunca por ella. De forma que, aunque, volviese pronto...

—Comprendo, comprendo... ¡No me aturdas más los oídos!

—Por último: procure Usía escurrir el bulto antes del amanecer. Ahora amanece a las seis...

—¡Mira otro consejo inútil! A las cinco estaré de vuelta en mi casa... Pero bastante hemos hablado ya... ¡Quítate de mi presencia!

—Pues entonces, señor..., ¡buena suerte! —exclamó el alguacil, alargando lateralmente la mano al Corregidor y mirando al techo al mismo tiempo.

El Corregidor puso en aquella mano una peseta, y Garduña desapareció como por ensalmo.

—¡Por vida de!... —murmuró el viejo al cabo de un instante—. ¡Se me ha olvidado decirle a ese bachillero que me trajesen también una baraja! ¡Con ella me hubiera entretenido hasta las nueve y media, viendo si me salía aquel *solitario*!...

XV. Despedida en prosa

Serían las nueve de aquella misma noche, cuando el tío Lucas y la señá Frasquita, terminadas todas las haciendas del molino y de la casa, se cenaron una fuente de ensalada de escarola, una libreja de carne guisada con tomate, y algunas uvas de las que quedaban en la consabida cesta; todo ello rociado con un poco de vino y con grandes risotadas a costa del Corregidor: después de lo cual miráronse afablemente los dos esposos, como muy contentos de Dios y de sí mismos, y se dijeron, entre un par de bostezos que revelaban toda la paz y tranquilidad de sus corazones:

—Pues, señor, vamos a acostarnos, y mañana será otro día.

En aquel momento sonaron dos fuertes y ejecutivos golpes aplicados a la puerta grande del molino.

El marido y la mujer se miraron sobresaltados.

Era la primera vez que oían llamar a su puerta a semejante hora.

—Voy a ver... —dijo la intrépida navarra, encaminándose hacia la plazoletilla.

—¡Quita! ¡Eso me toca a mí! —exclamó el tío Lucas con tal dignidad que la señá Frasquita le cedió el paso—. ¡Te he dicho que no salgas! —añadió luego con dureza, viendo que la obstinada Molinera quería seguirle.

Esta obedeció, y se quedó dentro de la casa.

—¿Quién es? —preguntó el tío Lucas desde el medio de la plazoleta.

—¡La justicia! —contestó una voz al otro lado del portón.

—¿Qué justicia?

—La del lugar. ¡Abra usted al señor alcalde!

El tío Lucas había aplicado entretanto [un ojo a cierta] mirilla muy disimulada que tenía el portón, y reconocido a la luz de la luna al rústico alguacil del lugar inmediato.

—¡Dirás que le abra al borrachón del alguacil! —repuso el Molinero, retirando la tranca.

—¡Es lo mismo... —contestó el de afuera—; pues que traigo una orden escrita de su Merced! Tenga usted muy buenas noches, tío Lucas... —agregó luego entrando, y con voz menos oficial más baja y más gorda, como si ya fuera otro hombre.

—¡Dios te guarde, Toñuelo! —respondió el murciano—. Veamos qué orden es ésa... ¡Y bien podía el señor Juan López escoger otra hora más oportuna de dirigirse a los hombres de bien! Por supuesto, que la culpa será tuya. ¡Como si lo viera, te has estado emborrachando en las huertas del camino! ¿Quieres un trago?

—No, señor; no hay tiempo para nada. Tiene usted que seguirme inmediatamente. Lea usted la orden.

—¿Cómo seguirte? —exclamó el tío Lucas, penetrando en el molino, después de tomar el papel—. ¡A ver, Frasquita, alumbra!

La señá Frasquita soltó una cosa que tenía en la mano, y descolgó el candil.

El tío Lucas miró rápidamente al objeto que había

soltado su mujer, y reconoció su bocacha, o sea, un enorme trabuco que calzaba balas de a media libra.

El Molinero dirigió entonces a la navarra una mirada llena de gratitud y ternura, y le dijo, tomándole la cara:

—¡Cuánto vales!

La señá Frasquita, pálida y serena como una estatua de mármol, levantó el candil, cogido con dos dedos, sin que el más leve temblor agitase su pulso, y contestó suavemente:

—¡Vaya, lee!

La orden decía:

> Para el mejor servicio de S. M. el Rey Nuestro Señor (Q. D. G.), prevengo a Lucas Fernández, molinero de estos vecinos, que tan luego[79] como reciba la presente orden, comparezca ante mi autoridad sin excusa ni pretexto alguno; advirtiéndole que, por ser asunto reservado, no lo pondrá en conocimiento de nadie: todo ello bajo las penas correspondientes, caso de desobediencia. El Alcalde,
>
> Juan López

Y había una cruz en vez de rúbrica.

—Oye, tú: ¿Y qué es esto? —le preguntó el tío Lucas al alguacil—. ¿A qué viene esta orden?

—No lo sé... —contestó el rústico; hombre de unos treinta años, cuyo rostro esquinado y avieso [propio], de ladrón o de asesino, daba muy triste idea de su sinceridad—. Creo que se trata de averiguar algo de brujería, o de moneda falsa... Pero la cosa no va con usted... Lo llaman como testigo o como perito. En fin, yo no me he enterado bien del particular... El señor Juan López se lo explicará a usted con más pelos y señales.

—¡Corriente! —exclamó el Molinero—. Dile que iré mañana.

—¡Ca, no, señor!... Tiene usted que venir ahora mismo, sin perder un minuto. Tal es la orden que me ha dado el señor alcalde.

Hubo un instante de silencio.

Los ojos de la señá Frasquita echaban llamas.

El tío Lucas no separaba los suyos del suelo, como si buscara alguna cosa.

—Me concederás cuando menos —exclamó, al fin, levantando la cabeza— el tiempo preciso para ir a la cuadra y aparejar una burra...

—¡Qué burra ni qué demontre! —replicó el alguacil—. ¡Cualquiera se anda a pie media legua! La noche está muy hermosa, y hace luna...

—Ya he visto que ha salido... Pero yo tengo los pies muy hinchados...

—Pues entonces no perdamos tiempo. Yo le ayudaré a usted a aparejar la bestia.

—¡Hola! ¡Hola! ¿Temes que me escape?

—Yo no temo nada, tío Lucas —respondió Toñuelo con la frialdad de un desalmado—. Yo soy la justicia.

Y, hablando así, *descansó armas;* con lo que dejó ver el retaco que llevaba debajo del capote.

—Pues mira. Toñuelo... —dijo la Molinera—. Ya que vas a la cuadra... a ejercer tu verdadero oficio..., hazme el favor de aparejar también la otra burra.

—¿Para qué? —interrogó el Molinero.

—¡Para mí! Yo voy con vosotros.

—¡No puede ser, señá Frasquita! —objetó el alguacil—. Tengo orden de llevarme a su marido de usted nada más, y de impedir que usted lo siga. En ello me van «el destino y el pescuezo». Así me lo advirtió el señor Juan López. Conque... vamos, tío Lucas.

Y se dirigió hacia la puerta.

—¡Cosa más rara! —dijo a media voz el murciano sin moverse.

—¡Muy rara! —contestó la señá Frasquita.

—Esto es algo... que yo me sé... —continuó murmurando el tío Lucas de modo que no pudiese oírlo Toñuelo.

—¿Quieres que vaya yo a la ciudad? —cuchicheó la

navarra— y le dé aviso al Corregidor de lo que nos sucede?...

—¡No! —respondió en alta voz el tío Lucas—. ¡Eso no!

—¿Pues qué quieres que haga? —dijo la Molinera con gran ímpetu.

—Que me mires... —respondió el antiguo soldado.

Los dos esposos se miraron en silencio, y quedaron tan satisfechos ambos de la tranquilidad, la resolución y la energía que se comunicaron sus almas, que acabaron por encogerse de hombros y reírse.

Después de esto, el tío Lucas encendió otro candil y se dirigió a la cuadra, diciendo al paso a Toñuelo con socarronería:

—¡Vaya, hombre! ¡Ven y ayúdame... supuesto que eres tan amable!

Toñuelo lo siguió, canturriando una copla entre dientes.

Pocos minutos después el tío Lucas salía del molino, caballero en una hermosa jumenta y seguido del alguacil.

La despedida de los esposos se había reducido a lo siguiente:

—Cierra bien... —dijo el tío Lucas.

—Embózate, que hace fresco... —dijo la señá Frasquita, cerrando con llave, tranca y cerrojo.

Y no hubo más adiós, ni más beso, ni más abrazo, ni más mirada.

¿Para qué?

XVI. Un ave de mal agüero

Sigamos por nuestra parte al tío Lucas.

Ya habían andado un cuarto de legua sin hablar palabra, el Molinero subido en la borrica y el alguacil arreándola con su bastón de autoridad, cuando divisaron delante de sí, en lo alto de un repecho que hacía el camino, la sombra de un enorme pajarraco que se dirigía hacia ellos.

Aquella sombra se destacó enérgicamente sobre el cielo, esclarecido por la luna, dibujándose en él con tanta precisión que el Molinero exclamó en el acto:

—Toñuelo, ¡aquél es Garduña con su sombrero de tres picos y sus patas de alambre!

Mas antes de que contestara el interpelado, la sombra, deseosa sin duda de eludir aquel encuentro, había dejado el camino y echado a correr a campo traviesa con la velocidad de una verdadera garduña.

—No veo a nadie... —respondió entonces Toñuelo con la mayor naturalidad.

—Ni yo tampoco —replicó el tío Lucas, comiéndose la partida.

Y la sospecha que ya se le ocurrió en el molino principió a adquirir cuerpo y consistencia en el espíritu receloso del jorobado.

—Este viaje mío —díjose interiormente— es una estratagema amorosa del Corregidor. La declaración que le oí esta tarde desde lo alto del emparrado me demuestra que el vejete madrileño no puede esperar más. Indudablemente, esta noche va a volver de visita al molino, y por eso ha principiado quitándome de en medio... Pero ¿qué importa? ¡Frasquita es Frasquita, y no abrirá la puerta aunque le peguen fuego a la casa!... Digo más: aunque la abriese; aunque el Corregidor lograse, por medio de cualquier ardid, sorprender a mi excelente navarra, el pícaro viejo saldría con las manos en la cabeza. ¡Frasquita es Frasquita! Sin embargo —añadió al cabo de un momento—, ¡bueno será volverme esta noche a casa lo más temprano que pueda!

Llegaron con esto al lugar el tío Lucas y el alguacil, dirigiéndose a casa del señor alcalde.

El señor Juan López, que como particular y como alcalde era la tiranía, la ferocidad y el orgullo personificados (cuando trataba con sus inferiores), dignábase, sin embargo, a aquellas horas, después de despachar los asuntos oficiales y los de su labranza y de pegarle a su mujer su cotidiana paliza, beberse un cántaro de vino en compañía del secretario y del sacristán, operación que iba más de mediada aquella noche cuando el Molinero compareció en su presencia.

—¡Hola, tío Lucas! —le dijo, rascándose la cabeza para excitar en ella la vena de los embustes—. ¿Cómo va de salud? ¡A ver, secretario: échele usted un vaso de vino al tío Lucas! ¿Y la señá Frasquita? ¿Se conserva tan guapa? ¡Ya hace mucho tiempo que no la he visto! Pero, hombre, ¡qué bien sale ahora la molienda! ¡El pan de centeno parece de trigo candeal! Conque..., vaya... Siéntese usted, y descanse, que, gracias a Dios, no tenemos prisa.

—¡Por mi parte, maldita aquélla! —contestó el tío Lucas, que hasta entonces no había despegado los la-

bios, pero cuyas sospechas eran cada vez mayores al
ver el amistoso recibimiento que se le hacía, después
de una orden tan terrible y apremiante.

—Pues entonces, tío Lucas —continuó el alcalde—,
supuesto que no tiene usted gran prisa, dormirá usted
acá esta noche, y mañana temprano despacharemos nuestro asuntillo...

—Me parece bien... —respondió el tío Lucas con
una ironía y un disimulo que nada tenían que envidiar
a la diplomacia del señor Juan López—. Supuesto que
la cosa no es urgente... pasaré la noche fuera de
mi casa.

—Ni urgente ni de peligro para usted —añadió el
alcalde. Puede usted estar completamente tranquilo. Oye
tú, Toñuelo... Alarga esa media fanega para que se
siente el tío Lucas.

—Entonces... ¡venga otro trago! —exclamó el Molinero, sentándose.

—¡Venga de ahí! —repuso el alcalde, alargándole el
vaso lleno.

—Está en buena mano... Médielo usted.

—¡Pues por su salud! —dijo el señor Juan López,
bebiéndose la mitad del vino.

—Por la de usted..., señor alcalde —replicó el tío
Lucas, apurando la otra mitad.

—¡A ver, Manuela! —gritó entonces el alcalde de
monterilla—. Dile a tu ama que el tío Lucas se queda
a dormir aquí. Que le ponga una cabecera en el granero.

—¡Ca! No... ¡De ningún modo! Yo duermo en el
pajar como un rey.

—Mire usted que tenemos cabeceras...

—¡Ya lo creo! Pero a qué quiere usted incomodar
a la familia? Yo traigo mi capote...

—Pues, señor, como usted guste. ¡Manuela!, dile a
tu ama que no la ponga...

—Lo que sí va usted a permitirme —continuó el
tío Lucas, bostezando de un modo atroz— es que me
acueste en seguida. Anoche he tenido mucha molienda,
y no he pegado todavía los ojos...

—¡Concedido! —respondió majestuosamente el alcalde—. Puede usted recogerse cuando quiera.

—Creo que también es hora de que nos recojamos nosotros —dijo el sacristán, asomándose al cántaro de vino para graduar lo que quedaba—. Ya deben ser las diez... o poco menos.

—Las diez menos cuartillo... —notificó el secretario, después de repartir en los vasos el resto del vino correspondiente a aquella noche.

—¡Pues a dormir, caballeros! —exclamó el anfitrión, apurando su parte.

—Hasta mañana, señores —añadió el Molinero, bebiéndose la suya.

—Espere usted que le alumbren... ¡Toñuelo! Lleva al tío Lucas al pajar.

—¡Por aquí, tío Lucas!... —dijo Toñuelo, llevándose también el cántaro, por si le quedaban algunas gotas.

—Hasta mañana, si Dios quiere —agregó el sacristán, después de escurrir todos los vasos.

Y se marchó, tambaleándose y cantando alegremente el *De profundis.*

....

—Pues, señor —díjole el alcalde al secretario cuando se quedaron solos—. El tío Lucas no ha sospechado nada. Nos podemos acostar descansadamente, y... ¡buena pro le haga al Corregidor!

XVIII. Donde se verá que el tío Lucas
tenía el sueño muy ligero

Cinco minutos después un hombre se descolgaba por
la ventana del pajar del señor alcalde; ventana que
daba a un corralón y que no distaría cuatro varas del
suelo.

En el corralón había un cobertizo sobre una gran
pesebrera, a la cual hallábanse atadas seis u ocho ca-
ballerías de diversa alcurnia bien que todas ellas del sexo
débil. Los caballos, mulos y burros del sexo fuerte for-
maban rancho aparte en otro local contiguo.

El hombre desató una borrica, que por cierto estaba
aparejada, y se encaminó llevándola del diestro, hacia
la puerta del corral; retiró la tranca y desechó el cerrojo que la aseguraba: abrióla con mucho tiento, y
se encontró en medio del campo.

Una vez allí, montó en la borrica, metióle los talo-
nes, y salió como una flecha con dirección a la ciudad; mas no por el carril ordinario, sino atarvesando
siembras y cañadas como quien se precave contra algún mal encuentro.

Era el tío Lucas, que se dirigía a su molino.

—¡Alcaldes a mí, que soy de Archena! —iba diciendo el murciano—. ¡Mañana por la mañana pasaré a ver al señor Obispo, como medida preventiva, y le contaré todo lo que me ha ocurrido esta noche! ¡Llamarme con tanta prisa y reserva, y a hora tan desusada; decirme que venga solo; hablarme del servicio del Rey, y de moneda falsa, y de brujas, y de duendes, para echarme luego dos vasos de vino y mandarme a dormir!... ¡La cosa no puede ser más clara! Garduña trajo al lugar esas instrucciones de parte del Corregidor, y ésta es la hora en que el Corregidor estará ya en campaña contra mi mujer... ¡Quién sabe si me lo encontraré llamando a la puerta del molino! ¡Quién sabe si me lo encontraré ya dentro!... ¡Quién sabe...! Pero ¿qué voy a decir? ¡Dudar de mi navarra!... ¡Oh, esto es ofender a Dios! ¡Imposible que ella...! ¡Imposible que mi Frasquita...! ¡Imposible!... Mas ¿qué estoy diciendo? ¿Acaso hay algo imposible en el mundo? ¿No se casó conmigo, siendo ella tan hermosa y yo tan feo?

Y al hacer esta última reflexión, el pobre jorobado se echó a llorar...

Entonces paró la burra para serenarse; se enjugó las lágrimas; suspiró hondamente; sacó los avíos de fumar; picó y lió un cigarro de tabaco negro; empuñó luego pedernal, yesca y eslabón, y al cabo de algunos golpes consiguió encender candela.

En aquel mismo momento sintió rumor de pasos hacia el camino, que distaría de allí unas trescientas varas.

—¡Qué imprudente soy! —dijo—. ¡Si me andará buscando ya la justicia, y yo me habré vendido al echar estas yescas!

Escondió, pues, la lumbre, y se apeó, ocultándose detrás de la borrica.

Pero la borrica entendió las cosas de diferente modo, y lanzó un rebuzno de satisfacción.

—¡Maldita seas! —exclamó el tío Lucas, tratando de cerrarle la boca con las manos.

Al propio tiempo resonó otro rebuzno en el camino, por vía de galante respuesta.

—¡Estamos aviados! —prosiguió pensando el Molinero—. ¡Bien dice el refrán: el mayor mal de los males es tratar con animales!

Y, así discurriendo, volvió a montar, arreó la bestia, y salió disparado en dirección contraria al sitio en que había sonado el segundo rebuzno.

Y lo más particular fue que la persona que iba en el jumento interlocutor, debió de asustarse del tío Lucas tanto como el tío Lucas se había asustado de ella. Lo digo, porque apartóse también del camino recelando sin duda que fuese un alguacil o un malhechor pagado por don Eugenio, y salió a escape por los sembrados de la otra banda.

El murciano, entretanto, continuó cavilando de este modo.

—¡Qué noche! ¡Qué mundo! ¡Qué vida la mía desde hace una hora! ¡Alguaciles metidos a alcahuetes; alcaldes que conspiran contra mi honra; burros que rebuznan cuando no es menester; y aquí en mi pecho, un miserable corazón que se ha atrevido a dudar de la mujer más noble que Dios ha criado! ¡Oh, Dios mío, Dios mío! ¡Haz que llegue pronto a mi casa y que encuentre allí a mi Frasquita!

Siguió caminando el tío Lucas, atravesando siembras y matorrales, hasta que al fin, a eso de las once de la noche, llegó sin novedad a la puerta grande del molino…

¡Condenación! ¡La puerta del molino estaba abierta!

XX. La duda y la realidad

Estaba abierta... ¡y él, al marcharse, había oído a su mujer cerrarla con llave, tranca y cerrojo!

Por consiguiente, nadie más que su propia mujer había podido abrirla.

[Pero] ¿Cómo? ¿Cuándo? ¿Por qué? ¿De resultas de un engaño? ¿A consecuencia de una orden? ¿O bien deliberada y voluntariamente, en virtud de previo acuerdo con el Corregidor?

¿Qué iba a ver? ¿Qué iba a saber? ¿Qué le aguardaba dentro de su casa? ¿Se había fugado la señá Frasquita? ¿Se la habrían robado? ¿Estaría muerta? ¿O estaría en brazos de su rival?

—El Corregidor contaba con que yo no podría venir en toda la noche... —se dijo lúgubremente el tío Lucas—. El alcalde del lugar tendría orden hasta de encadenarme, antes que permitirme volver... ¿Sabía todo esto Frasquita? ¿Estaba en el complot? ¿O ha sido víctima de un engaño, de una violencia, de una infamia?

No empleó más tiempo el sin ventura en hacer todas

estas crueles reflexiones que el que tardó en atravesar la plazoletilla del emparrado.

También estaba abierta la puerta de la casa, cuyo primer aposento (como en todas las viviendas rústicas) era la cocina...

Dentro de la cocina no había nadie.

Sin embargo, una enorme fogata ardía en la chimenea... ¡chimenea que él dejó apagada, y que no se encendía nunca hasta muy entrado el mes de diciembre!

Por último, de uno de los ganchos de la espetera pendía un candil encendido...

¿Qué significaba todo aquello? ¿Y cómo se compadecía semejante aparato de vigilia y de sociedad con el silencio de muerte que reinaba en la casa?

¿Qué había sido de su mujer?

Entonces, y sólo entonces, reparó el tío Lucas en unas ropas que había colgadas en los espaldares de dos o tres sillas puestas alrededor de la chimenea...

Fijó la vista en aquellas ropas, y lanzó un rugido intenso, que se le quedó atravesado en la garganta, convertido en sollozo mudo y sofocante.

Creyó el infortunado que se ahogaba, y se llevó las manos al cuello, mientras que, lívido, convulso, con los ojos desencajados, contemplaba aquella vestimenta, poseído de tanto horror como el reo en capilla a quien le presentan la hopa.

Porque lo que allí veía era la capa de grana, el sombrero de tres picos, la casaca y la chupa de color de tórtola, el calzón de seda negra, las medias blancas, los zapatos con hebilla y hasta el bastón, el espadín y los guantes del execrable Corregidor... ¡Lo que allí veía era la ropa de su ignominia, la mortaja de su honra, el sudario de su ventura!

El terrible trabuco seguía en el mismo rincón en que dos horas antes lo dejó la navarra...

El tío Lucas dio un salto de tigre y se apoderó de él. Sondeó el cañón con la baqueta, y vio que estaba cargado. Miró la piedra, y halló que estaba en su lugar.

Volvióse entonces hacia la escalera que conducía a la

cámara en que había dormido tantos años con la señá
Frasquita, y murmuró sordamente:

—¡Allí están!

Avanzó, pues, un paso en aquella dirección; pero en
seguida se detuvo para mirar en torno de sí y ver si
alguien lo estaba observando...

—¡Nadie! —dijo mentalmente—. ¡Sólo Dios..., y
Ese... ha querido esto!

Confirmada así la sentencia, fue a dar otro paso,
cuando su errante mirada distinguió un pliego que había sobre la mesa...

Verlo, y haber caído sobre él, y tenerlo entre sus ga-
rras, fue todo cosa de un segundo.

¡Aquel papel era el nombramiento del sobrino de la
señá Frasquita, firmado por don Eugenio de Zúñiga y
Ponce de León!

—¡Este ha sido el precio de la venta! —pensó el tío
Lucas, metiéndose el papel en la boca para sofocar sus
gritos y dar alimento a su rabia—. ¡Siempre recelé que
quisiera a su familia más que a mí! ¡Ah! ¡No hemos tenido hijos! ... ¡He aquí la causa de todo!

Y el infortunado estuvo a punto de volver a llorar.

Pero luego se enfureció nuevamente, y dijo con un
ademán terrible, ya que no con la voz:

—¡Arriba! ¡Arriba!

Y empezó a subir la escalera, andando a gatas con
una mano, llevando el trabuco en la otra, y con el papel
infame entre los dientes.

En corroboración de sus lógicas sospechas, al llegar
a la puerta del dormitorio (que estaba cerrada) vio que
salían algunos rayos de luz por las junturas de las ta-
blas y por el ojo de la llave.

—¡Aquí están! —volvió a decir.

Y se paró un instante, como para pasar aquel nuevo
trago de amargura.

Luego continuó subiendo... hasta llegar a la puerta
misma del dormitorio.

Dentro de él no se oía ningún ruido.

—¡Si no hubiera nadie! —le dijo tímidamente la esperanza.

Pero en aquel mismo instante el infeliz oyó toser dentro del cuarto...

¡Era la tos medio asmática del Corregidor!

¡No cabía duda! ¡No había tabla de salvación en aquel naufragio!

El Molinero sonrió en las tinieblas de un modo horroroso. ¿Cómo no brillan en la oscuridad semejantes relámpagos? ¿Qué es todo el fuego de las tormentas comparado con el que arde a veces en el corazón del hombre?

Sin embargo, el tío Lucas (tal era su alma, como ya dijimos en otro lugar) principió a tranquilizarse, no bien oyó la tos de su enemigo...

La realidad le hacía menos daño que la duda. Según le anunció él mismo aquella tarde a la señá Frasquita, desde el punto y hora en que perdía la única fe que era vida de su alma, empezaba a convertirse en un hombre nuevo.

Semejante al moro de Venecia —con quien ya lo comparamos al describir su carácter—, el desengaño mataba en él de un solo golpe todo el amor, transfigurando de paso la índole de su espíritu y haciéndole ver el mundo como una región extraña a que acabara de llegar. La única diferencia consistía en que el tío Lucas era por idiosincrasia menos trágico, menos austero y más egoísta que el insensato sacrificador de Desdémona.

¡Cosa rara, pero propia de tales situaciones! La duda, o sea, la esperanza —que para el caso es lo mismo—, volvió todavía a mortificarle un momento...

—¡Si me hubiera equivocado! —pensó—. ¡Si la tos hubiese sido de Frasquita! ...

. En la tribulación de su infortunio, olvidábase que había visto las ropas del Corregidor cerca de la chimenea; que había encontrado abierta la puerta del molino; que había leído la credencial de su infamia...

Agachóse, pues, y miró por el ojo de la llave, temblando de incertidumbre y de zozobra.

El rayo visual no alcanzaba a descubrir más que un pequeño triángulo de cama, por la parte del cabecero... ¡Pero precisamente en aquel pequeño triángulo se veía un extremo de las almohadas, y sobre las almohadas la cabeza del Corregidor!

Otra risa diabólica contrajo el rostro del Molinero. Dijérase que volvía a ser feliz...

—¡Soy dueño de la verdad!... ¡Meditemos! —murmuró, irguiéndose tranquilamente.

Y volvió a bajar la escalera con el mismo tiento que empleó para subirla...

—El asunto es delicado... Necesito reflexionar. Tengo tiempo de sobra para *todo*... —iba pensando mientras bajaba.

Llegado que hubo a la cocina, sentóse en medio de ella, y ocultó la frente entre las manos.

Así permaneció mucho tiempo, hasta que le despertó de su meditación un leve golpe que sintió en un pie...

Era el trabuco que se había deslizado de sus rodillas, y que le hacía aquella especie de seña...

—¡No! ¡Te digo que no! —murmuró el tío Lucas, encarándose con el arma—. ¡No me convienes! Todo el mundo tendría lástima de *ellos*..., y matar a un corregidor es todavía en España cosa indisculpable! Dirían que lo maté por infundados celos, y que luego lo desnudé y lo metí en mi cama... Dirían, además, que maté a mi mujer por simples sospechas... ¡Y me ahorcarían! [¡Vaya si me ahorcarían!] ¡Además, yo habría dado muestras de tener muy poca alma, muy poco talento, si al remate de mi vida fuera digno de compasión! ¡Todos se reirían de mí! ¡Dirían que mi desventura era muy natural, siendo yo jorobado y Frasquita tan hermosa! ¡Nada, no! Lo que yo necesito es vengarme, y después de vengarme, triunfar, despreciar, reír, reírme mucho, reírme de todos, evitando por tal medio que nadie pueda burlarse nunca de esta giba que yo he

llegado a hacer hasta envidiable, y que tan grotesca
sería en una horca.

Así discurrió el tío Lucas, tal vez sin darse cuenta
de ello puntualmente, y, en virtud de semejante discurso, colocó el arma en su sitio, y principió a pasearse
con los brazos atrás y la cabeza baja, como buscando
su venganza en el suelo, en la tierra, en las ruindades
de la vida, en alguna bufonada ignominiosa y ridícula
para su mujer y para el Corregidor, lejos de buscar aquella misma venganza en la justicia, en el desafío, en el
perdón, en el Cielo..., como hubiera hecho en su lugar
cualquier otro hombre de condición menos rebelde que
la suya a toda imposición de la Naturaleza, de la sociedad o de sus propios sentimientos.

De repente, paráronse sus ojos en la vestimenta del
Corregidor...

Luego se paró él mismo...

Después fue demostrando poco a poco en su semblante una alegría, un gozo, un triunfo indefinibles...;
hasta que, por último, se echó a reír de una manera
formidable..., esto es, a grandes carcajadas, pero sin
hacer ningún ruido —a fin de que no lo oyesen desde
arriba—, metiéndose los puños por los ijares para no
reventar, estremeciéndose todo como un epiléptico, y
teniendo que concluir por dejarse caer en una silla hasta que le pasó aquella convulsión de sarcástico regocijo.
Era la propia risa de Mefistófeles.

No bien se sosegó, principió a desnudarse con una
celeridad febril; colocó toda su ropa en las mismas sillas que ocupaba la del Corregidor; púsose cuantas prendas pertenecían a éste, desde los zapatos de hebilla hasta el sombrero de tres picos; ciñóse el espadín; embo-
zóse en la capa de grana; cogió el bastón y los guantes,
y salió del molino y se encaminó a la ciudad, balanceándose de la propia manera que solía don Eugenio de
Zúñiga, y diciéndose de vez en vez esta frase que com-
pendiaba su pensamiento:

—¡También la Corregidora es guapa!

XXI. ¡En guardia, caballero!

Abandonemos por ahora al tío Lucas, y enterémonos de lo que había ocurrido en el molino desde que dejamos allí sola a la señá Frasquita hasta que su esposo volvió a él y se encontró con tan estupendas novedades.

Una hora habría pasado después que el tío Lucas, se marchó con Toñuelo, cuando la afligida navarra, que se había propuesto no acostarse hasta que regresara su marido, y que estaba haciendo calceta en su dormitorio, situado en el piso de arriba, oyó lastimeros gritos fuera de la casa, hacia el paraje, allí muy próximo, por donde corría el agua del caz.

—¡Socorro, que me ahogo! ¡Frasquita! ¡Frasquita!... —exclamaba una voz de hombre, con el lúgubre acento de la desesperación.

—¿Si será Lucas? —pensó la navarra, llena de un terror que no necesitamos describir.

En el mismo dormitorio había una puertecilla, de que ya nos habló Garduña, y que daba efectivamente sobre la parte alta del caz. Abrióla sin vacilación la señá Frasquita por más que no hubiera reconocido la voz que pedía auxilio, y encontróse de manos a boca con el Corregidor, que en aquel momento salía todo chorreando de la impetuosísima acequia...

—¡Dios me perdone! ¡Dios me perdone! —balbuceaba el infame viejo—. ¡Creí que me ahogaba!

—¡Cómo! ¿Es usted? ¿Qué significa? ¿Cómo se atreve? ¡A qué viene usted a estas horas? —gritó la Molinera con más indignación que espanto, pero retrocediendo maquinalmente.

—¡Calla! ¡Calla, mujer! —tartamudeó el Corregidor, colándose en el aposento detrás de ella—. Yo te lo diré todo... ¡He estado para ahogarme! ¡El agua me llevaba ya como a una pluma! ¡Mira, mira, cómo me he puesto!

—¡Fuera, fuera de aquí! —replicó la señá Frasquita con mayor violencia—. ¡No tiene usted nada que explicarme!... ¡Demasiado lo comprendo todo! ¿Qué me importa a mí que usted se ahogue? ¿Lo he llamado yo a usted? ¡Ah! ¡Qué infamia! ¡Para esto ha mandado usted prender a mi marido!

—Mujer, escucha...

—¡No escucho!... ¡Márchese usted inmediatamente, señor Corregidor!... ¡Márchese uted o no respondo de su vida!...

—¿Qué dices?

—¡Lo que usted oye! Mi marido no está en casa; pero yo me basto para hacerla respetar. ¡Márchese usted por donde ha venido, si no quiere que yo le arroje otra vez al agua con mis propias manos!

—¡Chica, chica! ¡No grites tanto, que no soy sordo! —exclamó el viejo libertino—. ¡Cuando yo estoy aquí, por algo será! Vengo a libertar al tío Lucas, a quien ha preso por equivocación un alcalde de monterilla... Pero, ante todo, necesito que me seques estas ropas... ¡Estoy calado hasta los huesos!

—¡Le digo a usted que se marche!

—¡Calla, tonta!... ¿Qué sabes tú?... Mira... aquí te traigo un nombramiento de tu sobrino... Enciende la lumbre, y hablaremos... [Por lo demás], mientras se seca la ropa, yo me acostaré en esta cama.

—¡Ah, ya! ¿Conque declara usted que venía por mí? ¿Conque declara usted que para eso ha mandado arrestar a mi Lucas? ¿Conque traía usted su nombramiento y todo? ¡Santos y santas del cielo! ¿Qué se habrá figurado de mí este mamarracho?

—¡Frasquita! ¡Soy el Corregidor!

—¡Aunque fuera usted el rey! A mí ¿qué? ¡Yo soy la mujer de mi marido, y el ama de mi casa! ¿Cree usted que yo me asusto de los corregidores? ¡Yo sé ir a Madrid, y al fin del mundo, a pedir justicia contra el viejo insolente que así arrastra su autoridad por los suelos! Y, sobre todo, yo sabré mañana ponerme la mantilla, e ir a ver a la señora Corregidora...

—¡No harás nada de eso! —repuso el Corregidor, perdiendo la paciencia, o mudando de táctica—. No harás nada de eso; porque yo te pegaré un tiro, si veo que no entiendes de razones...

—¡Un tiro! —exclamó la señá Frasquita con voz sorda.

—Un tiro, sí... Y de ello no me resultará perjuicio alguno. Casualmente he dejado dicho en la ciudad que salía esta noche a caza de criminales... ¡Conque no seas necia... y quiéreme... como yo te adoro!

—Señor Corregidor: ¿un tiro? —volvió a decir la navarra echando los brazos atrás y el cuerpo hacia adelante, como para lanzarse sobre su adversario.

—Si te empeñas, te lo pegaré, y así me veré libre de tus amenazas y de tu hermosura... —respondió el Corregidor lleno de miedo y sacando un par de cachorrillos.

—¿Conque pistolas también? ¡Y en la otra faltriquera el nombramiento de mi sobrino! —dijo la señá Frasquita, moviendo la cabeza de arriba abajo—. Pues, señor, la elección no es dudosa. Espere Usía un momento, que voy a encender la lumbre.

Y, así hablando, se dirigió rápidamente a la escalera, y la bajó en tres brincos.

El Corregidor cogió la luz, y salió detrás de la Molinera, temiendo que se escapara; pero tuvo que bajar mucho más despacio, de cuyas resultas, cuando llegó a la cocina, tropezó con la navarra, que volvía ya en su busca.

—¿Conque decía usted que me iba a pegar un tiro? —exclamó aquella indomable mujer dando un paso atrás—. Pues, ¡en guardia, caballero; que yo ya lo estoy!

Dijo, y se echó a la cara el formidable trabuco que tanto papel representa en esta historia.

—¡Detente, desgraciada! ¿Qué vas a hacer? —gritó el Corregidor, muerto de susto—. Lo de mi tiro era una broma... Mira... los cachorrillos están descargados. En cambio, es verdad lo del nombramiento... Aquí lo tienes... Tómalo... Te lo regalo... Tuyo es..., de balde, enteramente de balde...

Y lo colocó temblando sobre la mesa.

—¡Ahí está bien! —repuso la navarra—. Mañana me servirá para encender la lumbre, cuando le guise el almuerzo a mi marido. ¡De usted no quiero ya ni la gloria; y, si mi sobrino viniese alguna vez de Estella, sería para pisotearle a usted la fea mano con que ha escrito su nombre en ese papel indecente! ¡Ea, lo dicho! ¡Márchese usted de mi casa! ¡Aire! ¡Aire! ¡Pronto!..., ¡que ya me sube la pólvora a la cabeza!

El Corregidor no contestó a este discurso. Habíase puesto lívido, casi azul; tenía los ojos torcidos, y un temblor como de terciana agitaba todo su cuerpo. Por último, principió a castañetear los dientes, y cayó al suelo, presa de una convulsión espantosa.

El susto del caz, lo muy mojadas que seguían todas sus ropas, la violenta escena del dormitorio, y el miedo al trabuco con que le apuntaba la navarra, habían agotado las fuerzas del enfermizo anciano.

—¡Me muero! —balbuceó—. ¡Llama a Garduña!... Llama a Garduña, que estará ahí..., en la ramblilla... ¡Yo no debo morirme en esta casa!...

No pudo continuar. Cerró los ojos y se quedó como muerto.

—¡Y se morirá como lo dice! —prorrumpió la señá Frasquita—. Pues [señor], ¡ésta es la más negra! ¿Qué hago yo ahora con este hombre en mi casa? ¿Qué dirían de mí si se muriese? ¿Qué diría Lucas?... ¿Cómo podría justificarme, cuando yo misma le he abierto la puerta? ¡Oh, no... Yo no debo quedarme aquí con él. ¡Yo debo buscar a mi marido; yo debo escandalizar el mundo antes de comprometer mi honra!

Tomada esta resolución, soltó el trabuco, fuese al corral, cogió la burra que quedaba en él, la aparejó de cualquier modo, abrió la puerta grande de la cerca, montó de un salto, a pesar de sus carnes, y se dirigió a la ramblilla.

—¡Garduña! ¡Garduña! —iba gritando la navarra, conforme se acercaba a aquel sitio.

—¡Presente! —respondió al cabo el alguacil, apareciendo detrás de un seto—. ¿Es usted, señá Frasquita?

—Sí, yo soy. ¡Ve al molino, y socorre a tu amo, que se está muriendo...

—¿Qué dice usted? ¡Vaya un maula!

—Lo que oyes, Garduña...

—¿Y usted alma mía? ¿Adónde va a estas horas?

—¿Yo?... ¡Quita allá, badulaque! ¡Yo voy a la ciudad por un médico! —contestó la señá Frasquita, arreando la burra con un talonazo y a Garduña con un puntapié.

Y tomó... no el camino de la ciudad, como acababa de decir, sino el del lugar inmediato.

Garduña no reparó en esta última circunstancia, pues iba ya dando zancadas hacia el molino y discurriendo al par de esta manera:

—¡Va por un médico!... ¡La infeliz no puede hacer más! ¡Pero él es un pobre hombre! ¡Famosa ocasión de ponerse malo!... ¡Dios le da confites a quien no puede roerlos!

Cuando Garduña llegó al molino, el Corregidor principiaba a volver en sí, procurando levantarse del suelo.

En el suelo también, y a su lado, estaba el velón encendido que bajó Su Señoría del dormitorio.

—¿Se ha marchado ya? —fue la primera frase de don Eugenio.

—¿Quién?

—¡El demonio!... Quiero decir, la Molinera.

—Sí, señor... Ya se ha marchado..., y no creo que iba de muy buen humor...

—¡Ay, Garduña! Me estoy muriendo...

—Pero ¿qué tiene Usía? ¡Por vida de los hombres!

—Me he caído en el caz, y estoy hecho una sopa... ¡Los huesos se me parten de frío!

—¡Toma, toma! Ahora salimos con eso!

—¡Garduña!... ¡Ve lo que te dices!...

—Yo no digo nada, señor...

—Pues bien: sácame de este apuro...

—Voy volando... ¡Verá Usía qué pronto lo arreglo todo!

Así dijo el alguacil, y, en un periquete cogió la luz con una mano, y con la otra se metió al Corregidor debajo del brazo; subiólo al dormitorio; púsolo en cueros; acostólo en la cama; corrió al jaraíz; reunió una brazada de leña; fue a la cocina; hizo una gran lumbre; bajó todas las ropas de su amo; colocólas en los espaldares de dos o tres sillas; encendió un candil; lo colgó de la espetera, y tornó a subir a la cámara.

—¿Qué tal vamos? —preguntó entonces a don Eugenio, levantando en alto el velón para verle mejor el rostro.

—¡Admirablemente! ¡Conozco que voy a sudar! ¡Mañana te ahorco, Garduña!

—¿Por qué, señor?

—¿Y te atreves a preguntármelo? ¿Crees tú que, al seguir el plan que me trazaste, esperaba yo acostarme solo en esta cama, después de recibir por segunda vez el sacramento del bautismo? ¡Mañana mismo te ahorco!

—Pero cuénteme Usía algo... ¿La señá Frasquita?...

—La señá Frasquita ha querido asesinarme. ¡Es todo lo que he logrado con tus consejos! Te digo que te ahorco mañana por la mañana.

—¡Algo menos será, señor Corregidor! —repuso el alguacil.

—¿Por qué lo dices, insolente? ¿Porque me ves aquí postrado?

—No, señor. Lo digo, porque la señá Frasquita no ha debido de mostrarse tan inhumana como Usía cuenta, cuando ha ido a la ciudad a buscarle un médico...

—¡Dios santo! ¿Estás seguro de que ha ido a la ciudad? —exclamó don Eugenio más aterrado que nunca.

—A lo menos, eso me ha dicho ella...

—¡Corre, corre, Garduña! ¡Ah! ¡Estoy perdido sin remedio! ¿Sabes a qué va la señá Frasquita a la ciudad? ¡A contárselo todo a mi mujer!... ¡A decirle que estoy aquí ¡Oh, Dios mío! ¿Cómo había yo de figurarme esto? ¡Yo creí que se habría ido al lugar en busca de su marido; y, como lo tengo allí a buen recaudo, nada me importaba su viaje! Pero ¡irse a la ciudad!... ¡Garduña, corre, corre..., tú que eres andarín, y evita mi perdición! ¡Evita que la terrible Molinera entre en mi casa!

—¿Y no me ahorcará Usía si lo consigo? —prosiguió irónicamente el alguacil.

—¡Al contrario! Te regalaré unos zapatos en buen uso, que me están grandes. ¡Te regalaré todo lo que quieras!

—Pues voy volando. Duérmase Usía tranquilo. Dentro de media hora estoy aquí de vuelta, después de dejar en la cárcel a la navarra. ¡Para algo soy más ligero que una borrica!

Dijo Garduña, y desapareció por la escalera abajo.

Se cae de su peso que, durante aquella ausencia del alguacil, fue cuando el Molinero estuvo en el molino y vió visiones por el ojo de la llave.

Dejemos, pues, al Corregidor sudando en el lecho ajeno, y a Garduña corriendo hacia la ciudad (adonde tan pronto había de seguirlo el tío Lucas con sombrero de tres picos y capa de grana), y, convertidos también nosotros en andarines, volemos con dirección al lugar, en seguimiento de la valerosa señá Frasquita.

La única aventura que le ocurrió a la navarra en su viaje desde el molino al pueblo, fue asustarse un poco al notar que alguien echaba yescas en medio de un sembrado.

—¿Si será un esbirro del Corregidor? ¿Si irá a detenerme? —pensó la Molinera.

En esto se oyó un rebuzno hacia aquel mismo lado.

—¡Burros en el campo a estas horas! —siguió pensando la señá Frasquita—. Pues lo que es por aquí no hay ninguna huerta ni cortijo... ¡Vive Dios que los duendes se están despachando esta noche a su gusto! Porque la borrica de mi marido no puede ser... ¿Qué haría mi Lucas a medianoche, parado fuera del camino? ¡Nada!, ¡nada! ¡Indudablemente es un espía!

La burra que montaba la señá Frasquita creyó oportuno rebuznar también en aquel instante.

—¡Calla, demonio! —le dijo la navarra, clavándole un alfiler de a ochavo en mitad de la *cruz*.

Y, temiendo algún encuentro que no le conviniese,

sacó también su bestia fuera del camino, y la hizo trotar por otros sembrados.

Sin más accidente, llegó a las puertas del lugar, a tiempo que serían las once de la noche.

XXIV. Un Rey de entonces

Hallábase ya durmiendo la mona el señor alcalde, vuelta la espalda a la espalda de su mujer (y formando así con ésta la figura de *águila austríaca de dos cabezas* que dice nuestro inmortal Quevedo), cuando Toñuelo llamó a la puerta de la cámara nupcial, y avisó al señor Juan López que la señá Frasquita, *la del molino,* quería hablarle.

No tenemos para qué referir todos los gruñidos y juramentos inherentes al acto de despertar y vestirse el alcalde de monterilla, y nos trasladamos desde luego al instante en que la Molinera lo vio llegar, desperezándose como un gimnasta que ejercita la musculatura, y exclamando en medio de un bostezo interminable:

—¡Tengalas usted muy buenas, señá Frasquita! ¿Qué le trae a usted por aquí? ¿No le dijo a usted Toñuelo que se quedase en el molino? ¿Así desobedece usted a la autoridad?

—¡Necesito ver a mi Lucas! —respondió la navarra—. ¡Necesito verlo al instante! ¡Que le digan que está aquí su mujer!

—«¡Necesito! ¡Necesito!» Señora, ¡a usted se le
olvida que está hablando con el rey!...

—¡Déjeme usted a mí de reyes, señor Juan, que no
estoy para bromas! ¡Demasiado sabe usted lo que me
sucede! ¡Demasiado sabe para qué ha preso a mi marido!

—Yo no sé nada, señá Frasquita... Y en cuanto a
su marido de usted, no está preso, sino durmiendo tranquilamente en esta su casa, y tratado como yo trato a
las personas. ¡A ver, Toñuelo! ¡Toñuelo! Anda al pajar, y dile al tío Lucas que se despierte y venga corriendo... Conque vamos... ¡cuénteme usted lo que pasa!... ¿Ha tenido usted miedo de dormir sola?

—¡No sea usted desvergonzado, señor Juan! ¡Demasiado sabe usted que a mí no me gustan sus bromas
ni sus veras! ¡Lo que me pasa es una cosa muy sen-
cilla: que usted y el señor Corregidor han querido per-
derme! ¡pero que se han llevado solemne chasco! ¡Yo
estoy aquí sin tener de qué abochornarme, y el señor
Corregidor se queda en el molino muriéndose!...

—¡Muriéndose el Corregidor! —exclamó su subor-
dinado—. Señora, ¿sabe usted lo que dice?

—¡Lo que usted oye! Se ha caído en el caz, y casi
se ha ahogado, o ha cogido una pulmonía, o yo no sé...
¡Eso es cuenta de la Corregidora! Yo vengo a buscar
a mi marido, sin perjuicio de salir mañana mismo para
Madrid donde le contaré al rey...

—¡Demonio, demonio! —murmuró el señor Juan
López—. ¡A ver, Manuela!... ¡Muchacha!... Anda y
aparéjame la mulilla... Señá Frasquita, al molino voy...
¡Desgraciada de usted si le ha hecho algún daño al señor Corregidor!

—¡Señor alcalde, señor alcalde! —exclamó en esto
Toñuelo, entrando más muerto que vivo—. El tío Lucas no está en el pajar. Su burra no se halla tampoco
en los pesebres, y la puerta del corral está abierta...
¡De modo que el pájaro se ha escapado!

—¿Qué estás diciendo? —gritó el señor Juan López.
—¡Virgen del Carmen! ¿Qué va a pasar en mi casa?

—exclamó la señá Frasquita—. ¡Corramos, señor alcalde; no perdamos tiempo!... Mi marido va a matar al Corregidor al encontrarlo allí a estas horas...

—¿Luego usted cree que el tío Lucas está en el molino?

—¿Pues no lo he de creer? Digo más...: cuando yo venía me he cruzado con él sin conocerlo. ¡El era sin duda uno que echaba yescas en medio de un sembrado! ¡Dios mío! ¡Cuando piensa una que los animales tienen más entendimiento que las personas! Porque ha de saber usted, señor Juan, que indudablemente nuestras dos burras se reconocieron y se saludaron, mientras que mi Lucas y yo ni nos saludamos ni nos reconocimos! ¡Antes bien huimos el uno del otro, tomándonos mutuamente por espías...!

—¡Bueno está su Lucas de usted! —replicó el alcalde—. En fin, vamos andando y ya veremos lo que hay que hacer con todos ustedes. ¡Conmigo no se juega! ¡Yo soy el rey!... Pero no un rey como el que ahora tenemos en Madrid, o sea, en El Pardo, sino como aquel que hubo en Sevilla, a quien llamaban don Pedro el Cruel. ¡A ver, Manuela! ¡Tráeme el bastón, y dile a tu ama que me marcho!

Obedeció la sirvienta (que era por cierto más buena moza de lo que convenía a la alcaldesa y a la moral) y, como la mulilla del señor Juan López estuviese ya aparejada, la señá Frasquita y él salieron para el molino, seguidos del indispensable Toñuelo.

Precedámosles nosotros, supuesto que tenemos carta blanca para andar más de prisa que nadie.

Garduña se hallaba ya de vuelta en el molino, después de haber buscado a la señá Frasquita por todas las calles de la ciudad.

El astuto alguacil había tocado de camino en el Corregimiento, donde lo encontró todo muy sosegado. Las puertas seguían abiertas como en medio del día, según es costumbre cuando la autoridad está en la calle ejerciendo sus sagradas funciones. Dormitaban en la meseta de la escalera y en el recibidor otros alguaciles y ministros, esperando descansadamente a su amo; mas cuando sintieron llegar a Garduña, desperezáronse dos o tres de ellos, y le preguntaron al que era su decano y jefe inmediato:

—¿Viene ya el señor?

—¡Ni por asomo! Estáos quietos. Vengo a saber si ha habido novedad en la casa...

—Ninguna.

—¿Y la Señora?

—Recogida en sus aposentos.

—¿No ha entrado una mujer por estas puertas hace poco?

—Nadie ha aparecido por aquí en toda la noche...

—Pues no dejéis entrar a persona alguna, sea quien sea y diga lo que diga. ¡Al contrario! Echadle mano al mismo lucero del alba que venga a preguntar por el Señor o por la Señora, y llevadlo a la cárcel.

—¿Parece que esta noche se anda a caza de pájaros de cuenta? —preguntó uno de los esbirros.

—¡Caza mayor! —añadió otro.

—¡Mayúscula! —respondió Garduña solemnemente—. ¡Figuraos si la cosa será delicada, cuando el señor Corregidor y yo hacemos la batida por nosotros mismos!... Conque... hasta luego, buenas piezas, y ¡mucho ojo!

—Vaya usted con Dios, señor Bastián —repusieron todos saludando a Garduña.

—¡Mi estrella se eclipsa! —murmuró éste al salir del Corregimiento—. ¡Hasta las mujeres me engañan! La Molinera se encaminó al lugar en busca de su esposo, en vez de venirse a la ciudad... ¡Pobre Garduña! ¿Qué se ha hecho de tu olfato?

Y, discurriendo de este modo, tomó la vuelta al molino.

Razón tenía el alguacil para echar de menos su antiguo olfato, pues que no venteó a un hombre que se escondía en aquel momento detrás de unos mimbres, a poca distancia de la ramblilla, y el cual exclamó para su capote, o más bien para su capa grana:

—¡Guarda, Pablo! ¡Por allí viene Garduña!... Es menester que no me vea...

Era el tío Lucas vestido de corregidor, que se dirigía a la ciudad, repitiendo de vez en cuando su diabólica frase:

—¡También la Corregidora es guapa!

Pasó Garduña sin verlo, y el falso corregidor dejó su escondite y penetró en la población...

Poco después llegaba el alguacil al molino, según dejamos indicado.

El Corregidor seguía en la cama, tal y como acababa de verlo el tío Lucas por el ojo de la llave.

—¡Qué bien sudo, Garduña! ¡Me he salvado de una enfermedad! —exclamó tan luego como penetró el alguacil en la estancia—. ¿Y la señá Frasquita? ¿Has dado con ella? ¿Viene contigo? ¿Ha hablado con la Señora?

—La Molinera, señor —respondió Garduña con angustiado acento—, me engañó como a un pobre hombre; pues no se fue a la ciudad, sino al pueblecillo... en busca de su esposo. Perdone Usía la torpeza...

—¡Mejor! ¡Mejor! —dijo el madrileño, con los ojos chispeantes de maldad—. ¡Todo se ha salvado entonces! Antes de que amanezca estarán caminando para las cárceles de la Inquisición, atados codo con codo, el tío Lucas y la señá Frasquita, y allí se pudrirán sin tener a quien contarle sus aventuras de esta noche. Tráeme la ropa, Garduña, que ya estará seca... ¡Tráemela y vísteme! ¡El amante se va a convertir en Corregidor!...

Garduña bajó a la cocina por la ropa.

XXVII. ¡Favor al Rey!

Entretanto, la señá Frasquita, el señor Juan López y Toñuelo avanzaban hacia el molino, al cual llegaron pocos minutos después.

—¡Yo entraré delante! —exclamó el alcalde de monterilla—. ¡Para algo soy la autoridad! Sígueme, Toñuelo, y usted, señá Frasquita, espérese a la puerta hasta que yo la llame.

Penetró, pues, el señor Juan López bajo la parra, donde vio a la luz de la luna un hombre casi jorobado, vestido como solía el Molinero, con chupetín y calzón de paño pardo, faja negra, medias azules, montera murciana de felpa, y el capote de monte al hombro.

—¡El es! —gritó el alcalde—. ¡Favor al rey! ¡Entréguese usted, tío Lucas!

El hombre de la montera intentó meterse en el molino.

—¡Date! —gritó a su vez Toñuelo, saltando sobre él, cogiéndolo por el pescuezo, aplicándole una rodilla al espinazo y haciéndole rodar por tierra.

Al mismo tiempo, otra especie de fiera saltó sobre

Toñuelo, y agarrándolo de la cintura, lo tiró sobre el empedrado y principió a darle de bofetones.

Era la señá Frasquita, que exclamaba:

—¡Tunante! ¡Deja a mi Lucas!

Pero, en esto, otra persona, que había aparecido llevando del diestro una borrica, metióse resueltamente entre los dos, y trató de salvar a Toñuelo...

Era Garduña, que, tomando al alguacil del lugar por don Eugenio de Zúñiga, le decía a la Molinera:

—¡Señora, respete usted a mi amo!

Y la derribó de espaldas sobre el lugareño.

La señá Frasquita, viéndose entre dos fuegos, descargó entonces a Garduña tal revés en medio del estómago, que le hizo caer de boca tan largo como era.

Y, con él, ya eran cuatro las personas que rodaban por el suelo.

El señor Juan López impedía entretanto levantarse al supuesto tío Lucas, teniéndole plantado un pie sobre los riñones.

—¡Garduña! ¡Socorro! ¡Favor al rey! ¡Yo soy el Corregidor! —gritó al fin don Eugenio, sintiendo que la pezuña del Alcalde, calzada con albarca de piel de toro, lo reventaba materialmente.

—¡El Corregidor! ¡Pues es verdad! —dijo el señor Juan López, lleno de asombro...

—¡El Corregidor! —repitieron todos. Y pronto estuvieron de pie los cuatro derribados.

—¡Todo el mundo a la cárcel! —exclamó don Eugenio de Zúñiga—. ¡Todo el mundo a la horca!

—Pero, señor... —observó el señor Juan López, poniéndose de rodillas—. ¡Perdone Usía que lo haya maltratado! ¡Cómo había de conocer a Usía con esa ropa tan ordinaria?

—¡Bárbaro! —replicó el Corregidor—. ¡Alguna había de ponerme! ¿No sabes que me han robado la mía? ¿No sabes que una compañía de ladrones, mandada por el tío Lucas...?

—¡Miente usted! —gritó la navarra.

—Escúcheme usted, señá Frasquita —le dijo Garduña, llamándola aparte—. Con permiso del señor Corregidor y la compaña... ¡Si usted no arregla esto, nos van a ahorcar a todos, empezando por el tío Lucas!...

—Pues ¿qué ocurre? —preguntó la señá Frasquita.

—Que el tío Lucas anda a estas horas por la ciudad vestido de corregidor..., y que Dios sabe si habrá llegado con su disfraz hasta el propio dormitorio de la Corregidora.

Y el alguacil le refirió en cuatro palabras todo lo que ya sabemos.

—¡Jesús! —exclamó la Molinera—. ¡Conque mi marido me cree deshonrada! ¡Conque ha ido a la ciudad a vengarse! ¡Vamos, vamos a la ciudad, y justificadme a los ojos de mi Lucas!

—¡Vamos a la ciudad, e impidamos que ese hombre hable con mi mujer y le cuente todas las majaderías que se haya figurado! —dijo el Corregidor, arrimándose a una de las burras—. Déme usted un pie para montar, señor alcalde.

—Vamos a la ciudad, sí... —añadió Garduña—; ¡y quiera el cielo, señor Corregidor, que el tío Lucas, amparado por su vestimenta, se haya contentado con hablarle a la Señora!

—¿Qué dices, desgraciado? —prorrumpió don Eugenio de Zúñiga—. ¿Crees tú a ese villano capaz?...

—¡De todo! —contestó la señá Frasquita.

XXVIII.   ¡Ave María Purísima!   ¡Las doce y media
y sereno!

Así gritaba por las calles de la ciudad quien tenía
facultades para tanto, cuando la Molinera y el Corregidor, cada cual en una de las burras del molino, el señor Juan López en su mula, y los dos alguaciles andando, llegaron a la puerta del Corregimiento.

La puerta estaba cerrada.

Dijérase que para el gobierno, lo mismo que para
los gobernados, había concluido todo por aquel día.

—¡Malo! —pensó Garduña.

Y llamó con el aldabón dos o tres veces.

Pasó mucho tiempo, y ni abrieron ni contestaron.

La señá Frasquita estaba más amarilla que la cera.

El Corregidor se había comido ya todas las uñas de
ambas manos.

¡Pum!... ¡Pum!... ¡Pum!..., golpes y más golpes
a la puerta del Corregimiento (aplicados sucesivamente
por los dos alguaciles y por el señor Juan López)...
¡Y nada! ¡No respondía nadie! ¡No abrían! ¡No se
movía una mosca! ¡Sólo se oía el claro rumor de los
caños de una fuente que había en el patio de la casa.

119

Y de esta manera transcurrían minutos, largos como eternidades.

Al fin, cerca de la una, abrióse un ventanillo del piso segundo, y dijo una voz femenina:

—¿Quién?

—Es la voz del ama de leche... —murmuró Garduña.

—¡Yo! —respondió don Eugenio de Zúñiga—. ¡Abrid!

Pasó un instante de silencio.

—¿Y quién es usted? —replicó luego la nodriza.

—¿Pues no me está usted oyendo? ¡Soy el amo!... ¡El Corregidor!...

Hubo otra pausa.

—¡Vaya usted mucho con Dios! —repuso la buena mujer—. Mi amo vino hace una hora, y se acostó en seguida. ¡Acuéstense ustedes también, y duerman el vino que tendrán en el cuerpo!

Y la ventana se cerró de golpe.

La señá Frasquita se cubrió el rostro con las manos.

—¡Ama! —tronó el Corregidor, fuera de sí—. ¿No oye usted que le digo que abra la puerta? ¿No oye usted que soy yo? ¿Quiere usted que la ahorque también?

La ventana volvió a abrirse.

—Pero vamos a ver... —expuso el ama—. ¿Quién es usted para dar esos gritos?

—¡Soy el Corregidor!

—¡Dale, bola! ¿No le digo a usted que el señor Corregidor vino antes de las doce..., y que yo lo vi con mis propios ojos encerrarse en las habitaciones de la Señora? ¿Se quiere usted divertir conmigo? ¡Pues espere usted..., y verá lo que le pasa!

Al mismo tiempo se abrió repentinamente la puerta y una nube de criados y ministriles, provistos de sendos garrotes, se lanzó sobre los de afuera, exclamando furiosamente:

—¡A ver! ¿Dónde está ese que dice que es el Corregidor? ¿Dónde está ese chusco? ¿Dónde está ese borracho?

Y se armó un lío de todos los demonios en medio de la oscuridad, sin que nadie pudiera entenderse, y no dejando de recibir algunos palos el Corregidor, Garduña, el señor Juan López y Toñuelo.

Era la segunda paliza que le costaba a don Eugenio su aventura de aquella noche, además del remojón que se dio en el caz del molino.

La señá Frasquita, apartada de aquel laberinto, lloraba por la primera vez de su vida...

—¡Lucas! ¡Lucas! —decía—. ¡Y has podido dudar de mí! ¡Y has podido estrechar en tus brazos a otra! ¡Ah! ¡Nuestra desventura no tiene ya remedio!

XXIX.   Post nubila... Diana

—¿Qué escándalo es éste? —dijo al fin una voz tranquila, majestuosa y de gracioso timbre, resonando encima de aquella baraúnda.

Todos levantaron la cabeza, y vieron a una mujer vestida de negro asomada al balcón principal del edificio.

—¡La Señora! —dijeron los criados, suspendiendo la retreta de palos.

—¡Mi mujer! —tartamudeó don Eugenio.

—Que pasen esos rústicos... El señor Corregidor dice que lo permite... —agregó la Corregidora.

Los criados cedieron paso, y el de Zúñiga y sus compañeros penetraron en el portal y tomaron por la escalera de arriba.

Ningún reo ha subido al patíbulo con paso tan inseguro y semblante tan demudado como el Corregidor subía las escaleras de su casa. Sin embargo, la idea de su deshonra principiaba ya a descollar, con noble egoísmo, por encima de todos los infortunios que había causado y que lo afligían y sobre las demás ridiculeces de la situación en que se hallaba...

—¡Antes que todo —iba pensando—, soy un Zúñiga y un Ponce de León!... ¡Ay de aquellos que lo hayan echado en olvido! ¡Ay de mi mujer, si ha mancillado mi nombre!

XXX.   Una señora de clase

La Corregidora recibió a su esposo y a la rústica comitiva en el salón principal del Corregimiento.

Estaba sola, de pie y con los ojos clavados en la puerta.

Erase una principalísima dama, bastante joven todavía, de plácida y severa hermosura, más propia del pincel cristiano que del cincel gentílico, y estaba vestida con toda la nobleza y seriedad que consentía el gusto de la época. Su traje, de corta y estrecha falda y mangas huecas y subidas, era de alepín negro: una pañoleta de blonda blanca, algo amarillenta, velaba sus admirables hombros, y larguísimos maniquetes o mitones de tul negro cubrían la mayor parte de sus alabastrinos brazos. Abanicábase majestuosamente con un pericón enorme, traído de las islas Filipinas, y empuñaba con la otra mano un pañuelo de encaje, cuyos cuatro picos colgaban simétricamente con una regularidad sólo comparable a la de su actitud y menores movimientos.

Aquella hermosa mujer tenía algo de reina y mucho de abadesa, e infundía por ende veneración y miedo a cuantos la miraban. Por lo demás, el atildamiento de su traje a semejante hora, la gravedad de su continente y las muchas luces que alumbraban el salón, demostraron que la Corregidora se había esmerado en dar a aquella escena una solemnidad teatral y un tinte ceremonioso que contrastasen con el carácter villano y grosero de la aventura de su marido.

Advertiremos, finalmente, que aquella señora se llamaba doña Mercedes Carrillo de Albornoz y Espinosa de los Monteros, y que era hija, nieta, biznieta, tataranieta y hasta vigésima nieta de la ciudad, como descendiente de sus ilustres conquistadores. Su familia, por razones de vanidad mundana, le había inducido a casarse con el viejo y acaudalado Corregidor, y ella, que de otro modo hubiera sido monja, pues su vocación natural la iba llevando al claustro, consintió en aquel doloroso sacrificio.

A la sazón tenía ya dos vástagos del arriscado madrileño, y aún se susurraba que había otra vez moros en la costa...

Conque volvamos a nuestro cuento.

XXXI. La pena del talión

—¡Mercedes! —exclamó el Corregidor al comparecer delante de su esposa.

—¡Hola, tío Lucas! ¡Usted por aquí? —díjole la Corregidora, interrumpiéndole—. ¿Ocurre alguna desgracia en el molino?

—¡Señora, no estoy para chanzas! —repuso el Corregidor hecho una fiera—. Antes de entrar en explicaciones por mi parte, necesito saber qué ha sido de mi honor...

—¡Esa no es cuenta mía! ¿Acaso me lo ha dejado usted a mí en depósito?

—Sí, señora... ¡A usted! —replicó don Eugenio—. ¡Las mujeres son las depositarias del honor de sus maridos!

—Pues entonces mi querido tío Lucas, pregúntele usted a su mujer... Precisamente nos está escuchando.

La señá Frasquita, que se había quedado a la puerta del salón, lanzó una especie de rugido.

—Pase usted, señora, y siéntese... —añadió la Corregidora, dirigiéndose a la Molinera con dignidad soberana.

Y, por su parte, encaminóse al sofá.

La generosa navarra supo comprender, desde luego, toda la grandeza de la actitud de aquella esposa injuriada..., e injuriada acaso doblemente... Así es que, alzándose en el acto a igual altura, dominó sus naturales ímpetus, y guardó un silencio decoroso. Esto sin contar con que la señá Frasquita, segura de su inocencia y de su fuerza, no tenía prisa de defenderse: teníala, sí, de acusar..., mucha..., pero no ciertamente a la Corregidora. ¡Con quien ella deseaba ajustar cuentas era con el tío Lucas... y el tío Lucas no estaba allí!

—Señá Frasquita... —repitió la noble dama, al ver que la Molinera no se había movido de su sitio—: le he dicho a usted que puede pasar y sentarse.

Esta segunda indicación fue hecha con voz más afectuosa y sentida que la primera... Dijérase que la Corregidora había adivinado también por instinto, al fijarse en el reposado continente y en la varonil hermosura de aquella mujer, que no iba a habérselas con un ser bajo y despreciable, sino quizá más bien con otra infortunada como ella; ¡infortunada, sí, por el solo hecho de haber conocido al Corregidor!

Cruzaron, pues, sendas miradas de paz y de indulgencia aquellas dos mujeres que se consideraban dos veces rivales, y notaron con gran sorpresa que sus almas se aplacieron la una en la otra, como dos hermanas que se reconocen.

No de otro modo se divisan y saludan a lo lejos las castas nieves de las encumbradas montañas.

Saboreando estas dulces emociones, la Molinera entró majestuosamente en el salón, y se sentó en el filo de una silla.

A su paso por el molino, previniendo que en la ciudad tendría que hacer visitas de importancia, se había arreglado un poco y puéstose una mantilla de franela negra, con grandes felpones, que la sentaba divinamente. Parecía toda una señora.

Por lo que toca al Corregidor, dicho se está que había guardado silencio durante aquel episodio. El rugido de la señá Frasquita y su aparición en la escena no habían podido menos de sobresaltarlo. ¡Aquella mujer le causaba ya más terror que la suya propia!

—Conque vamos, tío Lucas... —prosiguió doña Mercedes, dirigiéndose a su marido—. Ahí tiene usted a la señá Frasquita... ¡Puede usted volver a formular su demanda! ¡Puede usted preguntarle aquello de su honra!

—Mercedes, ¡por los clavos de Cristo! —gritó el Corregidor—. ¡Mira que tú no sabes de lo que soy capaz! ¡Nuevamente te conjuro a que dejes la broma y me digas todo lo que ha pasado aquí durante mi ausencia! ¿Dónde está ese hombre?

—¿Quién? ¿Mi marido?... Mi marido se está levantando, y ya no puede tardar en venir.

—¡Levantándose! —bramó don Eugenio.

—¿Se asombra usted? ¿Pues dónde quería usted que estuviese a estas horas un hombre de bien sino en su casa, en su casa y durmiendo con su legítima consorte, como manda Dios?

—¡Merceditas! ¡Ve lo que te dices! ¡Repara en que nos están oyendo! ¡Repara en que soy el Corregidor! ...

—¡A mí no me dé usted voces, tío Lucas, o mandaré a los alguaciles que lo lleven a la cárcel! —replicó la Corregidora, poniéndose de pie.

—¡Yo a la cárcel! ¡Yo! ¡El Corregidor de la ciudad!

—El Corregidor de la ciudad, el representante de la justicia, el apoderado del rey —repuso la gran señora con una severidad y una energía que ahogaron la voz del fingido Molinero— llegó a su casa a la hora debida, a descansar de las nobles tareas de su oficio, para seguir mañana amparando la honra y la vida de los ciudadanos, la santidad del hogar y el recato de las mujeres, impidiendo de este modo que nadie pueda entrar, disfrazado de corregidor ni de ninguna otra cosa, en la alcoba de la mujer ajena; que nadie pueda sorprender a la virtud en su descuidado reposo; que nadie pueda abusar de su casto sueño...

—¡Merceditas! ¿Qué es lo que profieres? —silbó el Corregidor con labios y encías—. ¡Si es verdad que ha pasado en mi casa, diré que eres una pícara, una pérfida, una licenciosa!

—¿Con quién habla este hombre? —prorrumpió la Corregidora desdeñosamente y pasando la vista por todos los circunstantes—. ¿Quién es este loco? ¿Quién es este ebrio?... ¡Ni siquiera puedo ya creer que sea un honrado molinero como el tío Lucas, a pesar de que viste su traje de villano! Señor Juan López, créame usted —continuó, encarándose con el alcalde de monterilla, que estaba aterrado—: mi marido, el Corregidor de la ciudad, llegó a esta su casa hace dos horas, con su sombrero de tres picos, su capa de grana, su espadín de caballero y su bastón de autoridad... Los criados y alguaciles que me escuchan se levantaron, y lo saludaron al verlo pasar por el portal, por la escalera y por el recibimiento. Cerráronse en seguida todas las puertas, y desde entonces no ha penetrado nadie en mi hogar hasta que llegaron ustedes. ¿Es cierto? Responded vosotros.

—¡Es verdad! ¡Es muy verdad! —contestaron la nodriza, los domésticos y los ministriles; todos los cuales, agrupados a la puerta del salón, presenciaban aquella singular escena.

—¡Fuera de aquí todo el mundo! —gritó don Eugenio, echando espumarajos de rabia—. ¡Garduña! ¡Garduña! ¡Ven y prende a estos viles que me están faltando al respeto! ¡Todos a la cárcel! ¡Todos a la horca!

Garduña no aparecía por ningún lado.

—Además, señor... —continuó doña Mercedes, cambiando de tono y dignándose ya mirar a su marido y tratarle como a tal, temerosa de que las chanzas llegaran a irremediables extremos—. Supongamos que usted es mi esposo... Supongamos que usted es don Eugenio de Zúñiga y Ponce de León.

—¡Lo soy!

—Supongamos, además, que me cupiese alguna culpa en haber tomado por usted al hombre que penetró en mi alcoba vestido de corregidor...

—¡Infames! —gritó el viejo, echando mano a la espada, y encontrándose sólo con el sitio, o sea, con la faja del molinero murciano.

La navarra se tapó el rostro con un lado de la mantilla para ocultar las llamaradas de sus celos.

—Supongamos todo lo que usted quiera —continuó doña Mercedes con una impasibilidad inexplicable—. Pero dígame usted ahora, señor mío: ¿Tendría usted derecho a quejarse? ¿Podría usted acusarme como fiscal? ¿Podría usted sentenciarme como juez? ¿Viene usted de confesar? ¿Viene usted de oír misa? ¿O de dónde viene usted con ese traje? ¿De dónde viene usted con esa señora? ¿Dónde ha pasado usted la mitad de la noche?

—Con permiso... —exclamó la señá Frasquita, poniéndose de pie como empujada por un resorte y atravesándose arrogantemente entre la Corregidora y su marido.

Este, que iba a hablar, se quedó con la boca abierta al ver que la navarra entraba en fuego.

Pero doña Mercedes se anticipó, y dijo:

—Señora, no se fatigue usted en darme a mí explicaciones... Yo no se las pido a usted, ni mucho menos. Allí viene quien puede pedírselas a justo título... ¡Entiéndase usted con él!

Al mismo tiempo se abrió la puerta de un gabinete y apareció en ella el tío Lucas, vestido de corregidor de pies a cabeza, y con bastón, guantes y espadín como si se presentase en las Salas de Cabildo.

XXXII. La fe mueve las montañas

—Tengan ustedes muy buenas noches —pronunció el recién llegado, quitándose el sombrero de tres picos, y hablando con la boca sumida, como solía don Eugenio de Zúñiga.

En seguida se adelantó por el salón, balanceándose en todos los sentidos, y fue a besar la mano de la Corregidora.

Todos se quedaron estupefactos. El parecido del tío Lucas con el verdadero Corregidor era maravilloso.

Así es que la servidumbre, y hasta el mismo señor Juan López, no pudieron contener la carcajada.

Don Eugenio sintió aquel nuevo agravio, y se lanzó sobre el tío Lucas como un basilisco.

Pero la señá Frasquita metió el montante, apartando al Corregidor con el brazo de marras, y Su Señoría, en evitación de otra voltereta y del consiguiente ludibrio, se dejó atropellar sin decir oxte ni moxte. Estaba visto que aquella mujer había nacido para domadora del pobre viejo.

El tío Lucas se puso más pálido que la muerte al

ver que su mujer se le acercaba; pero luego se dominó, y, con una risa tan horrible que tuvo que llevarse la mano al corazón para que no se le hiciese pedazos, dijo, remedando siempre al Corregidor:

—¡Dios te guarde, Frasquita! ¿Le has enviado ya a tu sobrino el nombramiento?

¡Hubo que ver entonces a la navarra! Tiróse la mantilla atrás, levantó la frente con soberanía de leona, y clavando en el falso corregidor dos ojos como dos puñales:

—¡Te desprecio, Lucas! —le dijo en mitad de la cara.

Todos creyeron que le había escupido.

¡Tal gesto, tal ademán y tal tono de voz acentuaron aquella frase!

El rostro del Molinero se transfiguró al oír la voz de su mujer. Una especie de inspiración semejante a la de la fe religiosa, había penetrado en su alma, inundándola de luz y de alegría... Así es que, olvidándose por un momento de cuanto había visto y creído ver en el molino, exclamó con las lágrimas en los ojos y la sinceridad en los labios:

—¿Conque tú eres mi Frasquita?

—¡No! —respondió la navarra fuera de sí—. ¡Yo no soy ya tu Frasquita! Yo soy... ¡Pregúntaselo a tus hazañas de esta noche, y ellas te dirán lo que has hecho del corazón que tanto te quería!...

Y se echó a llorar, como una montaña de hielo que se hunde, y principia a derretirse.

La Corregidora se adelantó hacia ella sin poder contenerse, y la estrechó en sus brazos con el mayor cariño.

La señá Frasquita se puso entonces a besarla, sin saber tampoco lo que se hacía, diciéndole entre sus sollozos, como una niña que busca el amparo de su madre:

—¡Señora, señora! ¡Qué desgraciada soy!

—¡No tanto como usted se figura! —contestábale la Corregidora, llorando también generosamente.

—Yo sí que soy desgraciado —gemía al mismo tiempo el tío Lucas, andando a puñetazos con sus lágrimas, como avergonzado de verterlas.

—Pues ¿y yo? —prorrumpió al fin don Eugenio, sintiéndose ablandado por el contagioso lloro de los demás, o esperando salvarse también por la vía húmeda; quiero decir, por la vía del llanto—. ¡Ah, yo soy un pícaro!, ¡un monstruo!, ¡un calavera deshecho, que ha llevado su merecido!

Y rompió a berrear tristemente abrazado a la barriga del señor Juan López.

Y éste y los criados lloraban de igual manera, y todo parecía concluido, y, sin embargo, nadie se había explicado.

XXXIII. Pues ¿y tú?

El tío Lucas fue el primero que salió a flote en aquel mar de lágrimas.

Era que empezaba a acordarse otra vez de lo que había visto por el ojo de la llave.

—¡Señores, vamos a cuentas!... —dijo de pronto.

—No hay cuentas que valgan, tío Lucas —exclamó la Corregidora—. ¡Su mujer de usted es una bendita!

—Bien..., sí...; pero...

—¡Nada de pero!... Déjela usted hablar, y verá como se justifica. Desde que la vi, me dio el corazón que era una santa, a pesar de todo lo que usted me había contado.

—¡Bueno; que hable! —dijo el tío Lucas.

—¡Yo no hablo! —contestó la Molinera—. ¡El que tiene que hablar eres tú... Porque la verdad es que tú...

Y la señá Frasquita no dijo más, por impedírselo el invencible respeto que le inspiraba la Corregidora.

—Pues ¿y tú? —respondió el tío Lucas perdiendo de nuevo toda fe.

—Ahora no se trata de ella... —gritó el Corregidor tornando también a sus celos—. ¡Se trata de usted y de esta señora! ¡Ah, Merceditas!... ¿Quién había de decirme que tú?...

—Pues ¿y tú? —repuso la Corregidora midiéndolo con la vista.

Y durante algunos momentos los dos matrimonios repitieron cien veces las mismas frases:

—¿Y tú?

—Pues ¿y tú?

—¡Vaya que tú!

—¡No que tú!

—Pero ¿cómo has podido tú?...

Etcétera, etcétera, etcétera.

La cosa hubiera sido interminable si la Corregidora, revistiéndose de dignidad, no dijese por último a don Eugenio:

—¡Mira, cállate tú ahora! Nuestra cuestión particular la ventilaremos más adelante. Lo que urge en este momento es devolver la paz al corazón del tío Lucas, cosa fácil a mi juicio, pues allí distingo al señor Juan López y a Toñuelo, que están saltando por justificar a la señá Frasquita...

—¡Yo no necesito que me justifiquen los hombres! —respondió ésta—. Tengo dos testigos de mayor crédito a quienes no se dirá que he seducido ni sobornado...

—Y ¿dónde están? —preguntó el Molinero.

—Están abajo, en la puerta... .

—Pues diles que suban, con permiso de esta señora.

—Las pobres no pueden subir...

—¡Ah! ¡Son dos mujeres!... Vaya un testimonio fidedigno!

—Tampoco son dos mujeres. Sólo son dos hembras...

—¡Peor que peor! ¡Serán dos niñas!... Hazme el favor de decirme sus nombres.

—La una se llama *Piñona* y la otra *Liviana*...

—¡Nuestras dos burras! Frasquita: ¿te estás riendo de mí?

—No, que estoy hablando muy formal. Yo puedo

probarte con el testimonio de nuestras burras, que no me hallaba en el molino cuando tú viste en él al señor Corregidor.

—¡Por Dios te pido que te expliques!...

—¡Oye, Lucas!..., y muérete de vergüenza por haber dudado de mi honradez. Mientras tú ibas esta noche desde el lugar a nuestra casa, yo me dirigía desde nuestra casa al lugar, y, por consiguiente, nos cruzamos en el camino. Pero tú marchabas fuera de él, o, por mejor decir, te habías detenido a echar unas yescas en medio de un sembrado...

—¡Es verdad que me detuve!... Continúa.

—En esto rebuznó tu borrica...

—¡Justamente! ¡Ah, qué feliz soy!... ¡Habla, habla; que cada palabra tuya me devuelve un año de vida!

—Y a aquel rebuzno contestó otro en el camino...

—¡Oh!, sí..., sí... ¡Bendita seas! ¡Me parece estarlo oyendo!

—Eran *Liviana* y *Piñona,* que se habían reconocido y se saludaban como buenas amigas, mientras que nosotros dos ni nos saludamos ni nos reconocimos...

—¡No me digas más! ¡No me digas más!...

—Tan no nos reconocimos —continuó la señá Frasquita—, que los dos nos asustamos y salimos huyendo en direcciones contrarias... ¡Conque ya ves que yo no estaba en el molino! Si quieres saber ahora por qué encontraste al señor Corregidor en nuestra cama, tienta esas ropas que llevas puestas, y que todavía estarán húmedas, y te lo dirán mejor que yo. ¡Su Señoría se cayó al caz del molino, y Garduña lo desnudó y lo acostó allí! Si quieres saber por qué abrí la puerta..., fue porque creí que eras tú el que se ahogaba y me llamaba a gritos. Y, en fin, si quieres saber lo del nombramiento... Pero no tengo más que decir por la presente. Cuando estemos solos te enteraré de este y otros particulares... que no debo referir delante de esta señora.

—¡Todo lo que ha dicho la señá Frasquita es la pura verdad! —gritó el señor Juan López, deseando congraciarse con doña Mercedes, visto que ella imperaba en el Corregimiento.

—¡Todo! ¡Todo! —añadió Toñuelo, siguiendo la corriente a su amo.

—¡Hasta ahora..., todo! —agregó el Corregidor muy complacido de que las explicaciones de la navarra no hubieran ido más lejos.

—¡Conque eres inocente! —exclamaba en tanto el tío Lucas, rindiéndose a la evidencia—. ¡Frasquita mía, Frasquita de mi alma! ¡Perdóname la injusticia, y deja que te dé un abrazo!...

—¡Esa es harina de otro costal!... —contestó la Molinera, hurtando el cuerpo—. Antes de abrazarte necesito oír tus explicaciones...

—Yo las daré por él y por mí... —dijo doña Mercedes.

—¡Hace una hora que las estoy esperando! —profirió el Corregidor, tratando de erguirse.

—Pero no las daré —continuó la Corregidora, volviendo la espalda desdeñosamente a su marido— hasta que esos señores hayan descambiado vestimentas...; y, aun entonces, se las daré tan sólo a quien merezca oírlas.

—Vamos..., vamos a descambiar... —díjole el murciano a don Eugenio, alegrándose mucho de no haberlo asesinado, pero mirándolo todavía con un odio verdaderamente morisco—. ¡El traje de Vuestra Señoría me ahoga! ¡He sido muy desgraciado mientras lo he tenido puesto!...

—¡Porque no lo entiendes! —respondió el Corregidor—. ¡Yo estoy, en cambio, deseando ponérmelo, para ahorcarte a ti y a medio mundo, si no me satisfacen las exculpaciones de mi mujer!

La Corregidora, que oyó estas palabras, tranquilizó a la reunión con una suave sonrisa, propia de aquellos afanados ángeles cuyo ministerio es guardar a los hombres.

XXXIV.   También la Corregidora es guapa

Salido que hubieron de la sala el Corregidor y el tío Lucas, sentóse de nuevo la Corregidora en el sofá, colocó a su lado a la señá Frasquita, y, dirigiéndose a los domésticos y ministriles que obstruían la puerta, les dijo con afable sencillez:

—¡Vaya, muchachos!... Contad ahora vosotros a esta excelente mujer todo lo malo que sepáis de mí.

Avanzó el cuarto estado, y diez voces quisieron hablar a un mismo tiempo; pero el ama de leche, como la persona que más alas tenía en la casa, impuso silencio a los demás, y dijo de esta manera:

—Ha de saber usted, señá Frasquita, que estábamos yo y mi Señora esta noche al cuidado de los niños, esperando a ver si venía el amo y rezando el tercer rosario para hacer tiempo (pues la razón traída por Garduña había sido que andaba el señor Corregidor detrás de unos facinerosos terribles, y no era cosa de acostarse hasta verlo entrar sin novedad), cuando sentimos ruido de gente en la alcoba inmediata, que es donde mis señores tienen su cama de matrimonio. Cogimos la

luz, muertas de miedo, y fuimos a ver quién andaba
en la alcoba, cuando, ¡ay, Virgen del Carmen!, al entrar vimos que un hombre, vestido como mi señor, pero
que no era él (¡como que era su marido de usted!),
trataba de esconderse debajo de la cama. «¡*Ladrones!*»,
principiamos a gritar desaforadamente, y un momento
después la habitación estaba llena de gente, y los alguaciles sacaban arrastrando de su escondite al fingido Corregidor. Mi señora, que, como todos, había reconocido
al tío Lucas, y que lo vio con aquel traje, temió que
hubiese matado al amo y empezó a dar unos lamentos
que partían las piedras... «¡*A la cárcel! ¡A la cárcel!*»,
decíamos entretanto los demás. «¡*Ladrón! ¡Asesino!*»,
era la mejor palabra que oía el tío Lucas; y así es que
estaba como un difunto, arrimado a la pared, sin decir
esta boca es mía. Pero viendo luego que se lo llevaban
a la cárcel, dijo... lo que voy a repetir, aunque verdaderamente mejor sería para callado: «Señora, yo no soy
ladrón ni asesino: el ladrón y el asesino... de mi honra está en mi casa, acostado con mi mujer.»

—¡Pobre Lucas! —suspiró la señá Frasquita.

—¡Pobre de mí! —murmuró la Corregidora tranquilamente.

Eso dijimos todos...: «¡Pobre tío Lucas y pobre
Señora!» Porque... la verdad, señá Frasquita, ya teníamos idea de que mi señor había puesto los ojos en
usted..., y aunque nadie se figuraba que usted...

—¡Ama! —exclamó severamente la Corregidora—.
¡No siga usted por ese camino!...

—Continuaré yo por el otro... —dijo un alguacil,
aprovechando aquella coyuntura para apoderarse de la
palabra—. El tío Lucas (que nos engañó de lo lindo
con su traje y su manera de andar cuando entró en la
casa; tanto, que todos lo tomamos por el señor Corregidor) no había venido con muy buenas intenciones que
digamos, y si la Señora no hubiera estado levantada...,
figúrese usted lo que habría sucedido...

—¡Vamos! ¡Cállate tú también! —interrumpió la
cocinera—. ¡No estás diciendo más que tonterías! Pues,

sí, señá Frasquita: el tío Lucas, para explicar su presencia en la alcoba de mi ama, tuvo que confesar las intenciones que traía... ¡Por cierto que la Señora no se pudo contener al oírlo, y le arrimó una bofetada en medio de la boca que le dejó la mitad de las palabras dentro del cuerpo! Yo mismo lo llené de insultos y denuestos, y quise sacarle los ojos... Porque ya conoce usted, señá Frasquita, que, aunque sea su marido de usted, eso de venir con sus manos lavadas...

—¡Eres una bachillera! —gritó el portero, poniéndose delante de la oradora—. ¿Qué más hubieras querido tú?... En fin, señá Frasquita: óigame usted a mí, y vamos al asunto. La Señora hizo y dijo lo que debía...; pero luego, calmado ya en su enojo, compadecióse del tío Lucas y paró mientes en el mal proceder del señor Corregidor, viniendo a pronunciar estas o parecidas palabras: «Por infame que haya sido su pensamiento de usted, tío Lucas, y aunque nunca podré perdonar tanta insolencia, es menester que su mujer de usted y mi esposo crean durante algunas horas que han sido cogidos en sus propias redes, y que usted, auxiliado por ese disfraz, les ha devuelto afrenta por afrenta. ¡Ninguna venganza mejor podemos tomar de ellos que este engaño, tan fácil de desvanecer cuando nos acomode!» Adoptada tan graciosa resolución, la Señora y el tío Lucas nos aleccionaron a todos de lo que teníamos que hacer cuando volviese Su Señoría; y por cierto que yo le he pegado a Sebastián Garduña tal palo en la rabadilla, que creo que no se le olvidará en mucho tiempo la noche de San Simón y San Judas...

Cuando el portero dejó de hablar, ya hacía rato que la Corregidora y la Molinera cuchicheaban al oído, abrazándose y besándose a cada momento, y no pudieron en ocasiones contener la risa.

¡Lástima que no se oyera lo que hablaban!... Pero el lector se lo figurará sin gran esfuerzo y si no el lector, la lectora.

Regresaron en esto a la sala el Corregidor y el tío Lucas, vestido cada cual con su propia ropa.

—¡Ahora me toca a mí! —entró diciendo el insigne don Eugenio de Zúñiga.

Y después de dar en el suelo un par de bastonazos como para recobrar su energía (a guisa de Anteo oficial, que no se sentía fuerte hasta que su caña de Indias tocaba en la tierra), díjole a la Corregidora con un énfasis y una frescura indescriptibles:

—¡Merceditas..., estoy esperando tus explicaciones!...

Entretanto, la Molinera se había levantado y le tiraba al tío Lucas un pellizco de paz, que le hizo ver estrellas, mirándolo al mismo tiempo con desenojados y hechiceros ojos.

El Corregidor, que observaba aquella pantomima, quedóse hecho una pieza, sin acertar a explicarse una reconciliación tan *inmotivada*.

Dirigióse, pues, de nuevo a su mujer, y le dijo, hecho un vinagre:

—¡Señora! ¡Todos se entienden menos nosotros! Sáqueme usted de dudas!... ¡Se lo mando como marido y como Corregidor!

Y dio otro bastonazo en el suelo.

—¿Conque se marcha usted? —exclamó doña Mercedes, acercándose a la señá Frasquita y sin hacer caso de don Eugenio—. Pues vaya usted descuidada, que este escándalo no tendrá ningunas consecuencias. ¡Rosa! : alumbra a estos señores, que dicen que se marchan... Vaya usted con Dios, tío Lucas.

—¡Oh... no! —gritó el de Zúñiga, interponiéndose—. ¡Lo que es el tío Lucas no se marcha! ¡El tío Lucas queda arrestado hasta que sepa yo toda la verdad! ¡Hola, alguaciles! ¡Favor al rey!...

Ni un solo ministro obedeció a don Eugenio. Todos miraban a la Corregidora.

—¡A ver, hombre! ¡Deja el paso libre! —añadió ésta, pasando casi sobre su marido, y despidiendo a todo el mundo con la mayor finura; es decir, con la cabeza ladeada, cogiéndose la falda con la punta de los dedos y agachándose graciosamente, hasta completar la reverencia que a la sazón estaba de moda, y que se llamaba *la pompa*.

—Pero yo... Pero tú... Pero nosotros... Pero aquéllos... —seguía mascullando el vejete, tirándole a su mujer del vestido y perturbando sus cortesías mejor iniciadas.

¡Inútil afán! ¡Nadie hacía caso de Su Señoría!

Marchando que se hubieron todos, y solos ya en el salón los desavenidos cónyuges, la Corregidora se dignó al fin decirle a su esposo, con el acento que hubiera empleado una zarina de todas las Rusias para fulminar sobre un ministro caído la orden de perpetuo destierro a la Siberia.

—Mil años que vivas, ignorarás lo que ha pasado esta noche en mi alcoba... Si hubieras estado en ella, como era regular, no tendrías necesidad de preguntárselo a nadie. Por lo que a mí toca, no hay ya, ni habrá jamás, razón ninguna que me obligue a satisfacerte, pues te desprecio de tal modo, que si no fueras el padre de mis hijos, te arrojaría ahora mismo por ese balcón, como te arrojo para siempre de mi dormitorio. Conque buenas noches, caballero.

Pronunciadas estas palabras, que don Eugenio oyó sin pestañear (pues lo que es a solas no se atrevía con su mujer), la Corregidora penetró en el gabinete, y del gabinete pasó a la alcoba, cerrando las puertas detrás de sí, y el pobre hombre se quedó plantado en medio de la sala, murmurando entre encías (que no entre dientes) y con un cinismo de que no habrá habido otro ejemplo:

—¡Pues, señor, no esperaba yo escapar tan bien!... ¡Garduña me buscará acomodo!

XXXVI.   Conclusión, moraleja y epílogo

Piaban los pajarillos saludando el alba cuando el tío Lucas y la señá Frasquita salían de la ciudad con dirección a su molino.

Los esposos iban a pie, y delante de ellos caminaban apareadas las dos burras.

—El domingo tienes que ir a confesar (le decía la Molinera a su marido), pues necesitas limpiarte de todos tus malos juicios y criminales propósitos de esta noche...

—Has pensado muy bien... —contestó el Molinero—. Pero tú, entretanto, vas a hacerme otro favor, y es dar a los pobres los colchones y ropa de nuestra cama, y ponerla toda de nuevo. ¡Yo no me acuesto donde ha sudado aquel bicho venenoso!

—¡No me lo nombres, Lucas! —replicó la señá Frasquita—. Conque hablemos de otra cosa. Quisiera merecerte un segundo favor...

—Pide por esa boca...

—El verano que viene vas a llevarme a tomar los baños del Solán de Cabras.

—¿Para qué?

—Para ver si tenemos hijos.

—¡Felicísima idea! Te llevaré, si Dios nos da vida.

Y con esto llegaron al molino, a punto que el sol, sin haber salido todavía, doraba ya las cúspides de las montañas.

....
....

A la tarde, con gran sorpresa de los esposos, que no esperaban nuevas visitas de altos personajes después de un escándalo como el de la precedente noche, concurrió al molino más señorío que nunca. El venerable prelado, muchos canónigos, el jurisconsulto, dos priores de frailes y otras varias personas (que luego se supo habían sido convocadas allí por Su Señoría Ilustrísima) ocuparon materialmente la plazoletilla del emparrado.

Sólo faltaba el Corregidor.

Una vez reunida la tertulia, el señor Obispo tomó la palabra, y dijo: que, por lo mismo que habían pasado ciertas cosas en aquella casa, sus canónigos y él seguirían yendo a ella lo mismo que antes, para que ni los honrados molineros ni las demás personas allí presentes participasen de la censura pública, sólo merecida por aquel que había profanado con su torpe conducta una reunión tan morigerada y tan honesta. Exhortó paternalmente a la señá Frasquita para que en lo sucesivo fuese menos provocativa y tentadora en sus dichos y ademanes, y procurase llevar más cubiertos los brazos y más alto el escote del jubón; aconsejó al tío Lucas más desinterés, mayor circunspección y menos inmodestia en su trato con los superiores; y acabó dando la bendición a todos y diciendo: que como aquel día no ayunaba, se comería con mucho gusto un par de racimos de uvas.

Lo mismo opinaron todos respecto de este último particular..., y la parra se quedó temblando aquella tarde. ¡En dos arrobas de uvas apreció el gasto el Molinero!

....

Cerca de tres años continuaron estas sabrosas reuniones, hasta que, contra la previsión de todo el mundo, entraron en España los ejércitos de Napoleón y se armó la Guerra de la Independencia.

El señor Obispo, el magistral y el penitenciario murieron el año de 8, y el abogado y los demás contertulios en los de 9, 10, 11 y 12, por no poder sufrir la vista de los franceses, polacos y otras alimañas que invadieron aquella tierra, ¡y que fumaban en pipa, en el presbiterio de las iglesias, durante la misa de la tropa!

El Corregidor, que nunca más tornó al molino, fue destituido por un mariscal francés, y murió en la Cárcel de Corte, por no haber querido ni un solo instante (dicho sea en honra suya) transigir con la dominación extranjera.

Doña Mercedes no se volvió a casar, y educó perfectamente a sus hijos, retirándose a la vejez a un convento, donde acabó sus días en opinión de santa.

Garduña se hizo afrancesado.

El señor Juan López fue guerrillero, mandó una partida, y murió, lo mismo que su alguacil, en la famosa batalla de Baza, después de haber matado muchísimos franceses.

Finalmente: el tío Lucas y la señá Frasquita (aunque no llegaron a tener hijos, a pesar de haber ido al Solán de Cabras y de haber hecho muchos votos y rogativas) siguieron siempre amándose del propio modo, y alcanzaron una edad muy avanzada, viendo desaparecer el Absolutismo en 1812 y 1820, y reaparecer en 1814 y 1823, hasta que, por último, se estableció de veras el sistema Constitucional a la muerte del Rey Absoluto, y ellos pasaron a mejor vida (precisamente al estallar la guerra civil de los *Siete años),* sin que los sombreros de copa que ya usaba todo el mundo pudiesen hacerles olvidar *aquellos tiempos* simbolizados por el sombrero de tres picos.

Donatien Alphonse François, Marqués de Sade

La castellana de Longeville o la mujer vengada

En aquel tiempo en que los señores feudales vivían despóticamente en sus tierras, en aquellos tiempos gloriosos en que Francia reunía dentro de sus fronteras una multitud de soberanos, en lugar de treinta mil esclavos viles arrastrándose a los pies de uno sólo, vivía en medio de sus dominos el señor de Longeville, poseedor de un feudo bastante grande cerca de Fimes, en Champagne. Tenía con él una mujercita morena, traviesa, muy despabilada, poco bonita pero desvergonzada y amante apasionada del placer: la señora del castillo podía tener unos veinticinco o veintiséis años y monseñor treinta a lo sumo; ambos llevaban diez años casados y, los dos se hallaban de lleno en la edad de buscar algunas distracciones dentro del tedio del matrimonio, y se esforzaban para procurárselas en los alrededores del mejor modo posible. El burgo, o mejor dicho, la aldea de Longeville ofrecía pocos recursos: sin embargo, una joven granjera de dieciocho años, muy apete-

cible y lozana había encontrado el secreto de gustar a
Monseñor, y desde hacía dos años éste se apañaba de
la manera más cómoda del mundo, Louison, pues este
era el nombre de la adorada tortolita, iba todas las noches a acostarse con su amante por una escalera excu-
sada dispuesta en una de las torres cercanas a las habitaciones del señor, y por la mañana salía apresurada-
mente antes de que madame entrase al cuarto de su
esposo para desayunar como tenía por costumbre.

Madame de Longeville no ignoraba en absoluto la
conducta inconveniente de su marido, pero como a ella
le venía muy bien distraerse por su cuenta no decía
nada; no hay cosa tan agradable como las mujeres in-
fieles, tienen tanto interés en ocultar sus propios de-
vaneos que se paran muchísimo menos que las mogiga-
tas a examinar los de los demás. Un molinero de los
alrededores llamado Colas, joven bribón de unos dieciocho o veinte años, blanco como su harina, fuerte
como su mula y bello como la rosa que crecía en su
jardín, se introducía todas las noches, como Louison,
en un gabinete cercano a las habitaciones de Madame
y se apresuraba a meterse en la cama cuando el castillo
estaba tranquilo. No se podía ver nada más apacible
que esas dos parejitas; si no llega a ser porque el demonio todo lo enreda, estoy seguro de que se las hubiera citado como ejemplo en toda la Champagne. No
riáis, lector, no riáis al leer la palabra «ejemplo»; a
falta de virtud, el vicio decente y bien oculto puede
servir de modelo: ¿no es acaso tan acertado como hábil
pecar sin escandalizar al prójimo y qué peligro puede
haber en el mal cuando se ignora?

Veamos —decidid— ¿no resulta esta conducta ligera,
con ser así de irregular, preferible al cuadro que las costumbres actuales nos ofrecen; no os gusta más ver al
señor de Longeville extendido como se debe, silencio-
samente, entre los bellos brazos de su bella granjera,
y a su respetable esposa en el regazo de un hermoso molinero, cuya felicidad se desconoce, o a una de nuestras duquesas parisinas, cambiando públicamente de

chichisbeo cada mes, o entregándose a sus criados, mientras que el duque se come doscientos mil escudos al año con una de esas criaturas despreciables que disfrazan el lujo, que envilecen la alta cuna y que corrompen la v (sic)?

Os lo digo, pues, no había nada más dulce y más tranquilo que la situación de estos cuatro favoritos del amor, si no llega a ser por la discordia, cuyos venenos se destilaron bien pronto sobre ellos.

Pero el señor de Longeville, quien, como muchos esposos injustos tenía la cruel pretensión de ser feliz y no querer que su mujer lo fuese, el señor de Longeville que, como las perdices, se imaginaba que nadie lo veía porque tenía la cabeza a cubierto, descubrió la intriga de su mujer y la encontró reprobable, como si su propia conducta no diera total autorización a aquella que se permitía condenar.

Del descubrimiento a la venganza no hay mucho trecho en una mente celosa. El señor de Longeville resolvió pues no decir nada y deshacerse del pícaro que deshonraba su frente; ser hecho cornudo, decía a sí mismo, por un hombre de mi rango, sea, pero por un molinero ¡oh! Señor Colas, por favor, tenga usted la bondad de ir a moler a otro molino, que no se diga que el de mi mujer sigue aún cogiendo vuestra semilla. Y como el despecho de estos pequeños déspotas era siempre harto cruel, ya que abusaban a menudo del derecho de vida y muerte que las leyes feudales les otorgaban sobre sus vasallos, el señor de Longeville tomó ni más ni menos la determinación de hacer arrojar al pobre Colas a los fosos llenos de agua que rodeaban su mansión.

—Clodomiro, dijo un día a su cocinero mayor, necesito que tú y tus mozos me quitéis de encima a un villano que ensucia el lecho de Madame.

—Eso está hecho, Monseñor, respondió Clodomiro, si queréis lo degollaremos y os lo serviremos aderezado como un lechoncillo.

—No, no, amigo mío, respondió el señor de Longe-

ville, basta con meterlo en un saco con piedras dentro,
y con tal equipaje bajarlo hasta el fondo de los fosos
del castillo.

—Así sera.

—Sí, pero antes de todo hay que prenderlo, y no lo
tenemos.

—Lo tendremos, Monseñor, bien astuto sería si lo-
grara escapar de nosotros, os repito que lo cogeremos.

—Vendrá esta noche a las nueve, dijo el esposo ofen-
dido, pasará por el jardín, llegará directamente a las
salas bajas, irá a esconderse al gabinete que está al lado
de la capilla y allí permanecerá acurrucado hasta que
Madame, creyéndome dormido, venga a recogerlo para
conducirlo a sus habitaciones; hay que dejarle hacer
todas sus maniobras, conformarnos con vigilarle y en
cuanto se crea seguro le pondremos nuestra mano encima y le enviaremos a beber a ver si se templan sus
fuegos.

Nada estaba tan bien previsto como este plan y el
pobre Colas iba sin duda a ser pasto de los peces, si
todo el mundo hubiera sido discreto; pero el barón se
había confiado a demasiada gente y fue traicionado:
un joven pinche que sentía gran afecto por su ama y
que posiblemente aspiraba a compartir un día sus favores con el molinero, ateniéndose más a los sentimientos que le inspiraba su ama que a sus propios
celos a quienes la desgracia de su rival debieran haber
agradado, fue corriendo a avisar de todo cuanto se acababa de tramar y se le recompensó con un beso y dos
escudos de oro que tenían para él menos valor que
el beso.

—Ciertamente, dijo Madame de Longeville en cuanto estuvo sola con aquella de sus damas que le servía
de cómplice en su intriga, Monseñor es un hombre
muy injusto. Vamos, hace todo lo que quiere, y no
abro la boca, y encuentra fatal que yo me resarza de
todos los días de ayuno que me hace soportar. ¡Ah!
No lo toleraré, amiga mía, no lo toleraré. Mira, Jeannette, ¿estás dispuesta a ayudarme en un proyecto que

estoy ideando para salvar a Colas y a la vez para atrapar a Monseñor?

—Desde luego, Madame, no tenéis más que dar órdenes que yo las ejecutaré todas: ese pobre Colas es un buen mozo, no he visto ningún otro muchacho de riñones tan fuertes y colores tan saludables. ¡Oh! Sí, Madame, sí, os ayudaré. ¿Qué hay que hacer?

—Hace falta, dijo la dama, que vayas ahora mismo a avisar a Colas que no aparezca por el castillo hasta que yo no le mande venir y le rogarás de mi parte que te preste la vestimenta completa que acostumbra a ponerse cuando viene aquí; en cuanto tengas la ropa, Jeannette, vas a ir a ver a Louison, la querida de mi pérfido y le dirás que vas de parte de Monseñor, quien le ordena se vista con las ropas que llevarás en tu delantal, que no vaya por su camino acostumbrado, sino por el del jardín, del patio y las salas bajas y que, en cuanto esté en la casa, se esconda en el gabinete que está al lado de la capilla hasta que Monseñor venga a buscarla. A las preguntas que sin duda te hará sobre estos cambios, responderás que es a causa de los celos de Madame que se ha enterado de todo y tiene vigilado el camino por donde acostumbra pasar regularmente. Si se asusta, tranquilízala, hazle algún regalo y sobre todo recomiéndale que no deje de venir ya que Monseñor tiene que decirle esta noche cosas de la más alta importancia relativas a todo lo concerniente a la escena de celos de Madame.

Jeannette sale, ejecuta sus dos encargos lo mejor posible, y a las nueve de la noche es la desgraciada Louison con las ropas de Colas quien se encuentra en el gabinete donde se quiere sorprender al amante de Madame.

—Avancemos, dice el señor de Longeville a sus huestes, quienes no habían cesado, como él, de estar ojo avizor. Avancemos, lo habéis visto todos como yo, ¿no es así, amigos?

—Sí, Monseñor, pardiez, es un hermoso muchacho.

—Abrid la puerta con presteza, echadle paños sobre

la cabeza para impedirle que grite, metedlo en el fondo del saco y ahogadle sin más miramientos.

Todas las órdenes se ejecutaban a la perfección, el órgano bucal de la desgraciada cautiva está de tal forma taponado que le es imposible hacerse reconocer, la meten en el saco en cuyo fondo se han depositado cuidadosamente unas piedras bien gordas y por la misma ventana del gabinete donde se la ha cogido se la precipita al fondo de los fosos. Una vez concluida la operación todo el mundo se retira y el señor de Longeville corre a su habitación, muy apresurado para recibir a su moza, quien según él no debía de tardar mucho y a quien estaba lejos de creer en un lugar tan fresco. Transcurre la mitad de la noche y nadie aparece; como lucía un hermoso claro de luna, a nuestro inquieto amante se le ocurre ir a la casa de su bella para conocer el motivo de su tardanza; sale, y mientras tanto la señora de Longeville que no perdía ninguno de sus pasos, corre a meterse en la cama de su marido. El señor de Longeville se entera en casa de Louison de que ésta salió hacia allí a la hora habitual y que sin duda está en el castillo. Nadie le dice nada del disfraz ya que Louison no había contado a nadie su secreto y había abandonado la casa sin que nadie la viera. El señor vuelve al castillo, encuentra que la vela que había dejado encendida está apagada, va a buscar cerca de su cama el eslabón para volverla a encender; al acercarse oye una respiración y no duda que es su querida Louison, llegada mientras él había salido a buscarla, y que se había acostado, impaciente, no hallándole en sus habitaciones; no lo piensa dos veces y pronto se encuentra entre las sábanas, acariciando a su mujer con las palabras amorosas y las expresiones tiernas que solía utilizar con Louison.

—Cuanto me has hecho esperar, dulce amiga... ¿Dónde estabas, mi querida Louison?

—Pérfido, dijo entonces la señora de Longeville, sacando la luz de una linterna sorda que tenía escondida, ya no puedo tener ninguna clase de duda sobre tu conducta, reconoce a tu esposa y no a la p... (sic) a quien das lo que sólo me pertenece a mí.

—Señora, dice entonces el marido sin inmutarse, creo que puedo ser dueño de mis acciones cuando vos misma me faltais igualmente.

—¿Faltaros, señor, puedo saber en qué?

—¿Acaso no sé yo vuestra intriga con Colas, uno de los campesinos más viles de mis tierras?

—Yo, señor, responde con arrogancia la castellana, yo, envilecerme hasta ese punto... Sois un visionario, jamás existió nada de lo que decís y os desafío a que me mostréis pruebas.

—Ciertamente, señora, que ello sería muy difícil actualmente, pues acabo de mandar tirar al agua a ese canalla que me deshonraba y no volveréis a verlo en el resto de vuestros días.

—Señor, dice la castellana con el mayor descaro, si habéis hecho que tiren al agua a ese desgraciado basándoos en tales sospechas, ciertamente sois culpable de una gran injusticia, pero si, como decís, ha sido castigado por venir al castillo, mucho me temo que os hayáis equivocado, pues no ha puesto los pies aquí en su vida.

—Verdaderamente, señora, me haríais creer que estoy loco...

—Aclaremos este asunto, señor, aclarémoslo: nada es más fácil; enviad vos mismo a Jeannette a buscar a ese campesino del que estáis ridícula y falsamente celoso y veremos lo que ocurre.

El barón consiente, Jeannette marcha y vuelve con Colas, bien aleccionado. El señor de Longeville no puede creer lo que está viendo y ordena al momento que todo el mundo se levante y que se reconozca rápidamente quién es el individuo que ha hecho tirar al foso; se hace volando, pero no se trae más que un cadáver, y es el de la infeliz Louison, expuesto ante los ojos de su amante.

—Oh justo cielo, grita el barón, una mano desconocida ha actuado en todo esto, pero como está dirigida por la providencia, no me quejaré de sus golpes. Seáis vos o quien sea la causa de este error, renuncio a investigarlo; ya que os habéis librado de la causante de vuestras inquietudes, deshacedme pues del mismo modo de aquel que me las produce a mí, y que desde este instante Colas desaparezca del país. ¿Consentís, señora?

—Más que eso, señor, me uno a vos para ordenárselo: que la paz renazca entre nosotros, que el amor y la estima recuperen sus derechos y que nadie pueda separarlos en el futuro.

Colas partió y no volvió jamás; Louison fue enterrada y nunca se vio en toda la Champagne un matrimonio tan unido como el del señor y la señora de Longeville.

(Versión de Teresa Renales.)

El molinero de Arcos *

Galanes enamorados,
hijos de la primavera
los que en batallas de amor
gustosamente pelean,
procurando cada uno
sacar los despojos de ellas;
no fiar del enemigo
que la fianza no es buena.
Y así, damas y galanes
tengan con el cuento cuenta,
porque ya se va a explicar
sin detención mi rudeza.
En esa invicta ciudad
de Arcos de la Frontera
nació un bizarro mancebo,
de una moderada hacienda;
y porque aqueste caudal

* *Romancero General,* publicado por Agustín Durán. B.A.E. XVI, T. II, Madrid, Rivadeneyra, 1861.

el mayor aumento tenga,
arrendó un cierto molino
de pan, en esta ribera
del río de Maja aceite,
y por no entender la piedra,
acomodó un oficial
para que la harina hiciera.
En este tiempo dispuso
casar con una doncella,
que es hija de un hortelano,
hermosa como ella mesma;
y con gusto de sus padres
y toda su parentela,
se celebraron las bodas
y a su casa se la lleva.
De día iba a su molino,
de noche, aunque tarde fuera,
iba a dormir con su esposa,
porque sola no estuviera.
Y para no incomodarla,
compuso una llave nueva
de la puerta de la calle,
para abrir cuando él viniera.
A todos los molineros
de toda aquella ribera,
el señor depositario
del pósito, con frecuencia
los visita, para que
el pósito harina tenga,
por miedo a las arriadas
que en el año venir puedan;
porque del depositario
penden estas diligencias.
Este fue el primer motivo
que el depositario encuentra
para hablarle a esta señora
diciendo, que lo quisiera,
que sería respetada

ella, el molino y sus tierras;
y como el depositario
era hombre de altas prendas,
quedó ella enamorada,
y convino con su idea;
mas le dijo que su esposo
de noche duerme con ella.
Respondió el depositario:
—Yo compondré que hoy no duerma—.
Se despidieron gustosos
hasta que la noche venga.
Luego mandó a un arriero,
hijo de la misma tierra,
le lleve un achiz de trigo
al molino, y que era fuerza,
antes que viniese el día
en el pósito estuviera.
Serían las oraciones
cuando el buen arriero llega
al molino con el trigo,
y entregó la papeleta.
Echaron mano a moler
por acabar más apriesa
mas el mancebo advirtiendo,
por aquella noche mesma
no podía ir a su casa,
mucho lo siente y se queja.
y le dice el oficial:
—Vaya usted, no se detenga,
que tengo lugar bastante
aunque otro cahiz viniera—;
y con esta confianza,
tomó de Arcos la vuelta.
Vamos al depositario,
que para lograr su empresa,
se le hacen las horas años
por ver a la molinera;
y a las ánimas en punto

mandó que le compusieran
el caballo, que iba al campo
a hacer una diligencia;
pero la depositaria
lo creyó por cosa cierta.
Tenía un negro en su casa
llamado Manuel de Cuenca,
el cual le ensilló el caballo;
mas al salir por la puerta
le dijo el amo a Manuel:
—Ten cuidado cuando venga,
para que la puerta abras,
sin que un punto te detengas—.
Con esto picó el caballo,
fue a ver a la molinera:
Ella, que lo está aguardando,
al punto abrióle la puerta.
En el patio ató el caballo,
y empezaron la contienda;
y hartos ya de divertirse
ambos se pidieron treguas,
y quedáronse dormidos.
El molinero que llega,
sacó la llave y abrió;
mas al entrar por la puerta
en el patio vio el caballo
y adquirió alguna sospecha.
Dijo para su coleto:
—Sin duda que aquesta es treta;
y sin diferencia alguna
el pájaro está en la percha.
Ojalá y fuera verdad,
tuviéramos noche buena.
Y con grande sigilo
y con mucha sutileza
fue apartando las cortinas,
y vio que en su cama mesma
dormía el depositario
con su esposa amada y bella.

Agarró toda su ropa,
salióse al patio con ella,
desnudóse de la suya,
pónese pieza por pieza;
hizo de la suya un lío,
que ni aun el diablo lo hiciera:
La puso en la misma silla
que estaba a la cabecera;
desamarró su caballo,
ató el suyo por la rienda;
salió a la calle furioso
desempedrando las piedras.
Casa del depositario
llegó, y tocando a la puerta,
abrió el negro cuidadoso
creyendo que su amo era,
que como vido el caballo,
y el molinero que lleva
toda la ropa del amo,
no dudó de la certeza.
Tomó la escalera arriba,
y como estaban las puertas
abiertas para en viniendo,
no fue menester que abriera.
Fue al cuarto de la señora
que estaba como una reina
entregada al dulce sueño;
y acostándose con ella,
aunque al punto despertó
ella se pensó que era
su esposo, que había venido,
y lo dejó que anduviera
por los campos deleitosos
dando brincos y carreras,
el uno por la venganza
y el otro por cosa nueva.
Vamos al depositario,
comenzaremos la fiesta:
Pues apenas despertó

para saber qué hora era
acordóse del reloj
que estaba en la faltriquera
de la chupa, y levantándose;
vio que su chupa no era;
le dice; —Mujer, levanta;
mira qué chupa es aquesta;
parece la de tu esposo:
Cierto, la hemos hecho buena.
¿Por dónde diablos ha entrado
si están cerradas las puertas?—
Ella le dice: —Señor,
él tiene otra llave nueva;
pero como usted me dijo
seguro está que viniera,
por eso yo me entregué
tan fácilmente y ligera,
para que ahora mi esposo
viendo a sus ojos la ofensa,
me dé la muerte furioso
por liviana y deshonesta—.
Mientras el depositario
se puso entre enfado y pena
la ropa del molinero,
su capotillo y montera,
unas polainas raídas,
y un zapato de tres suelas,
que parecía un gañán
haciendo la sementera
fue y desamarró el caballo,
y vio que el suyo no era.
Aquí se colmó del todo,
y no de trigo, la media.
Salió a la calle enojado
discurriendo mil ideas
de lo que diría a su esposa
porque su ropa no lleva.
Afligido y pesaroso
llegó, y tocando la puerta

salió el negro cuidadoso
preguntándole quién era.
—Abre, Manuel, a tu amo.
—Qué amo ni qué friolera.
Vaya a engañar al demonio
con aquesta paroleta;
que hay ya que mi amo entró
más de dos horas y media.
—Abre, Manuel, que es engaño.
—Vaya a engañar a su abuela—.
Mas viendo que no es posible
el amo, que el mozo abriera,
allí se mantuvo el pobre
hasta que el día viniera.
Viendo la depositaria
que aquel su esposo no era,
le dice: —¿Señor, qué es esto?
¿Qué traición ha sido esta?
¿Cómo entró usted en mi casa?
¿Y mi esposo dónde queda?—
Le respondió el molinero:
—No me quiebre la cabeza,
y en viniendo su marido
pregúntele cuanto quiera—.
Tomó la escalera abajo,
y en ropas menores ella
salió para detenerlo;
llegan los dos a la puerta.
Ella le dice: —Señor,
¿Has mudado la librea?
¿Es mejor ser molinero,
o es mejor la molinera?—
Porque ella se traslució
aquello mismo que era.
—Pasen ustedes adentro
sin armar risa ni fiesta,
que va la gente pasando
y entenderán que es comedia—.
Pasaron los dos adentro,

y a cambiar su ropa empiezan.
Mientras la depositaria,
le dijo a la cocinera
que compusiera un almuerzo
de cosa frita en cazuela,
y con el ama de llaves
mandó por la molinera,
la cual al instante vino
portada como una reina;
y dijo: —Ya estamos juntos
los cuatro de la comedia—.
Se sentaron a almorzar
todos de risa y de fiesta;
pero la depositaria
muy astuta y lisonjera,
tomó un vaso y echó un brindis,
y dijo por la primera:
—A la salud de los novios—.
Dióselo a la molinera,
y dijo por la segunda:
—Brindo, por ser más pequeña,
a la salud del dormido
y toda la noche en vela—.
Dióselo al depositario
y dijo por la tercera:
—A la salud del que tuvo
tras de cuernos penitencia—.
Y dióselo al molinero,
y dijo por la postrera:
—A la salud del que supo
cobrar del todo la deuda.
A mí no me deben nada
que he ajustado bien la cuenta,
y salgo nueve por tres;
y si no dígalo ella.
—Bien está, dijeron todos,
vaya de risa y de fiesta—.
Se despidieron gustosos,
y cada uno a su hembra

le preguntaba diciendo,
¿qué tal te ha ido en la fiesta?
Tomad ejemplo, galanes,
cuenta con el cuento, cuenta,
que si ha tenido desquite,
otro puede no lo tenga.
Y ahora Pedro Martín
advierte que no es novela;
que por testigo de vista
pone al ciego de la peña.

Apéndice III

Nueva canción del Corregidor y la Molinera

En cierto lugar de España
había un Molinero honrado
que ganaba su sustento
en un molino arrendado:
  era casado
  con una moza
  como una rosa
  y era tan bella,
  que el Corregidor
  se prendó de ella;
  la visitaba y festejaba
  hasta que un día
  le declaró el asunto
  que pretendía.
Respondió la Molinera;
vuestros favores admito,
pero temo que mi esposo
nos atrape en el garlito;

porque el maldito,
tiene una llave,
con la cual abre
cuando es su gusto,
y si viene y nos coge,
tendré gran susto,
por es un hombre
muy vengativo,
cruel y activo,
y como le agravien,
no se la hará ninguno,
que no se la pague.
Respondió el Corregidor:
yo puedo hacer que no venga,
enviándole al molino
cosa que á él le entretenga:
pues como digo
será de trigo
porción bastante,
que lo muela esta noche,
que es importante;
para una idea
que tengo oculta,
bajo la multa
de doce duros;
y con esto podremos
estar seguros.
Consintió la Molinera,
y luego sin más porfía,
el Corregidor dispuso
todo lo que dicho había;
pero aquel día,
de acaso vino
á este molino
un pasajero,
que tenía el oficio
de Molinero;
viendo la orden,
le dijo airoso:

Si usted está ansioso
para irse, amigo,
váyase que sin falta
moleré el trigo.
  Le agradeció el Molinero
y arrancó como un cohete:
á las doce de la noche
llega á su casa y se mete
en su retrete;
cuando en su cama
vio á la Dama
sin mucho empeño,
y al Corregidor,
que ambos están
dados al sueño
y en una silla
muy recogido
todo el vestido
sin faltar nada,
reloj, capa, sombrero,
bastón y espada.
  El Molinero se puso,
con contento y alegría,
del Corregidor el traje,
y dejó el que traía:
tomó la guía
para su casa
por ver si pasa;
llamó á la puerta,
le abrió el criado
que estaba alerta;
y como iba
tan disfrazado,
sin ser notado
se entró en la cama
con la Corregidora
que es linda dama.

A la que por desquite
y porque le agradaba,
era tanto lo que hacía
que un punto no la dejaba:
        como estrañaba
        la Corregidora
        desorden tanto,
        llena de espanto
        dijo al Molinero:
        ¿Qué novedad es esta,
        esposo mío,
        que en otras noches
        no anduvo el coche
        con tal violencia?
        y la respondió:
        Hija, ten paciencia.
Despertó el Corregidor,
y ver la hora procura,
pero al buscar el reloj
estraña la vestidura:
        con amargura
        la Molinera
        toda se altera,
        y ha respondido:
        ¡Ay, señor,
        que es la ropa
        de mi marido:
        y no sé ahora
        donde me oculte,
        ó me sepulte
        que él no lo entienda,
        yo me voy con Usía
        que me defienda.
El Corregidor temblando,
que el miedo le acobarda,
en vestirse no se tarda
para volver a su casa
        con capa parda,
        toda girones

chupa y calzones
con mil remiendos,
las polainas atadas
con unos vendos,
y unas abarcas
de piel de paño;
con una estaca
y una montera
se fué á su casa,
y síguele la Molinera.
Llegó llamando á la puerta
y nadie le respondía,
tanto llamó·que de adentro
preguntan qué se ofrecía:
y él les decía
á grandes voces.
No me conoces,
que soy tu amo,
cómo no abres la puerta
cuando te llamo?
Dijo el criado;
Calle y no muela,
vaya á su abuela
con esa trama:
ea, calle, porque mi amo
está durmiendo
ahora en su cama.
Se estuvieron á la puerta
de buena ó de mala gana,
hasta las siete del día
los dos toda la mañana:
suerte tirana!
pues el citado,
muy afrentado,
con gran paciencia
sufrió tras de los cuernos
la penitencia;
y ella lo mismo
en compañía,

           pues no sabía
           donde encubrirse,
           hasta que el Molinero
           quiso vestirse.
      Viendo la Corregidora
    que aquel no era su marido,
    se arrojó de la cama
    cual león enfurecido:
           dijo: Atrevido!
           ¿cómo has entrado
           y profanado
           mi gran decoro?
           quién te dió el traje
           de mi marido?
           que me has perdido.
           Y con gran modo
           la respondió:
           Allá fuera
           lo sabrás todo.
      Se salieron á la calle,
    y cuando todos se vieron,
    porque nadie los notase
    en la casa se metieron:
           y dispusieron
           como hombres sabios
           que sin agravios
           por el desquite,
           se celebre el suceso
           con un convite;
           porque en la Corte,
           con el dinero,
           hay más Corregidores
           que Molineros.

                 FIN

Apéndice IV

Sainete nuevo

El Corregidor y la Molinera

PERSONAS

DON JULIÁN, *corregidor.*
DOÑA MARCELA, *su esposa.*
PERICO, *molinero.*
TERESA, *su muger.*
BLAS, *hermano del molinero.*
UN ALGUACIL.

El teatro representa un aposento del molino; en él hay algunos sacos de harina, una criba, una horquilla de madera, etc., una mesa y sillas, una escalerilla que figura subir al dormitorio

(*Salen* PERICO *y* BLAS)

BLAS

Por más que digas, Perico,
esta es la verdad.

PERICO

                    Aprieta;
no parece según hablas
sino que ya mi Teresa
después de engañarme a mí
ha perdido la vergüenza.
¿Tan fácil juzgas tú, Blas,
que a mi muger la pretendan
siendo de virtud un muro?

BLAS

Pero el muro no es de piedra.
Y como dice el refrán,
la carne es perecedera,
la muger fuego, y el hombre
estopa que al aire vuela:
llega el diablo, sopla el fuego,
y muger y hombre se tuestan.

PERICO

Pues ya que tanto predicas
¿negarás que mi Teresa
cumple los buenos oficios
que su estado lo presenta?
¿Negarás que las mañanas
las pasa siempre en la iglesia?
¿Negarás que cuando moza
no hubo ninguno en la aldea
que su corazón ganase
sino Perico?

BLAS

                    ¡Babieca!
La que engaña a su marido
hacer lo contrario intenta
de lo que piensa a sus solas,
pues es cosa valedera
que la muger si es un diablo
parece santa por fuera.

Yo, como hermano que soy,
y como tu bien me alegra,
quisiera que vigilases
la virtud de tu Teresa.
El perro guarda el ganado,
tú atisba, mira y acecha;
que si algún apuro tienes
y me pides asistencia,
subiré con un garrote
y al que te busque la ofensa
prometo que he de dejarle
partida en dos la mollera.

PERICO

Blas, ¿qué dices?

BLAS

            Lo que dige.

PERICO

¿Y tú lo harás?

BLAS

          ¡Friolera!
En el pueblo me llamaban
por mote *Cortacabezas*.

PERICO

Mira, Blas, yo considero
que es mejor de otra manera.
Indagaremos primero
la verdad de tus sospechas.
Nadie más interesado
que yo en aquesta materia.

BLAS

¡Ya lo creo... y si me engaño,
infeliz de tu cabeza!

PERICO

> Voy así que tú te vayas
> a llamar aquí a Teresa,
> y tú quédate a la mira
> para aquello que se ofrezca.

BLAS

> Bien, Perico; así me gusta;
> firmeza y siempre firmeza,
> tieso y tieso y con valor
> y vea la España entera
> lo que puede un molinero
> de Jerez de la Frontera.   *(Vase.)*

PERICO. *(Solo)*

> ¿Si tendrá razón mi hermano?
> ¿Qué cosa ha visto, o qué seña
> que así viene a hablarme a mí
> en contra de mi Teresa?
> Dicen que en siendo cuñados
> no hay pazes y siempre en guerra
> se están; lo mismo que dicen
> de los yernos y las suegras.
> Bueno es que cauto me avise,
> bueno es que yo me prevenga,
> bueno y muy bueno es que yo
> lo que pasa en casa sepa;
> y juro a San Pablo Apóstol
> que si sus nuevas son ciertas
> he de dejar más memoria
> de mi venganza tremenda,
> que haga fama el molinero
> de Jerez de la Frontera.
> Pero alerta... cuidadito
> que aquí se acerca Teresa.

(Sale TERESA*)*

TERESA
Marido mío, ¿qué tienes
que la color se te altera
y brotan fuego tus ojos
y paréceme que tiemblas?

PERICO
Sin duda traes los ojos
a componer.

TERESA
            La cabeza
te dolerá, porque tú,
tan testarudo y tan flema
nunca puedes estar malo
a no ser de la cabeza.

PERICO
Ni la cabeza ni el pie
me duele. ¿Hay tal tema?
Sin duda te has vuelto loca.

TERESA
Puede ser; pero no cuela:
Tú tienes alguna cosa,
y no pronuncia tu lengua
la respuesta a mi pregunta
cual yo quiero la respuesta.

PERICO
Es que he tenido con Blas
hace poco una reyerta
porque ha venido a contarme
mil chismes de la tía Pepa,
y de la novia de Antón
que va siendo buena pieza.
Se va a casar con el uno
y anoche junto a la era
la vieron con el Zurdillo

que estaba en grande parleta.
Todas son unas.

TERESA

              De aquellas
hablarás; que tú bien sabes
que cuando estaba soltera
tan sólo de mi Perico
escuché yo las ternezas.

PERICO

Si soltera hicistes eso,
hazlo también de esta hecha
y Perico no tendrá
palabras ni peloteras.

TERESA

¿Qué dices? ¿Estás en ti?
¿Sospechas de tu Teresa?
¡Mira, Perico, cuidado,
que si yo suelto la lengua
habrá la de Dios en Cristo!
¿Tú te me vienes con ésas
cuando la vida que paso
parece la de una negra?
Porque vayas aseado
paso las noches en vela;
y no me mata otro afán
que verte con gentileza.
¡Esposo mío! ¿Qué tienes?

PERICO

¡Déjame: no sé qué tema
te ha tomado Blas! Ahora
me decía en esta pieza:
«Cuida tu casa, Perico,
hacienda el dueño te vea»
y otras palabras iguales
que de cólera me llenan.

Y si acaso lo decía
porque libre y desenvuelta
fueres tú la causa de ello
juro por Cristo, Teresa,
que te acordarás de mí,
como tal cosa suceda.

TERESA

¡Pícaro! ¡Vil! ¡Todavía
insistes en la sospecha
de juzgar de mí tan mal!,
cuidado con la Teresa
que es blanda como una malva
y humilde cual la cordera;
pero si se ve ofendida
y monta en cólera ciega
ni la iguala de un león
la furia. ¡Estamos buenas!
¡Miren el señor Perico
con lo que sale! Me alegra
haber con gracia escuchado
tanta tontura y simpleza.
Por no irritarme te dejo,
trata bien a tu Teresa
que la mujer blandamente
es como se la maneja   (Vase.)

PERICO. (Solo)

¡No puede ser! Blas es loco,
bien claro lo veo de ella.
¿Cómo habría de mentir
con tan ninguna vergüenza
si tuviera algún pecado
que le roa la conciencia?
Pero también si me acuerdo
hablóme con indirectas
de que sabría vengarse
y a más de cólera ciega

parecería al león
en su venganza tremenda.
Algo hay en casa, Perico.
Aguardemos a que vean
los ojos lo que aquí pasa.
Vámonos a la tarea.
Le diré a Blas que mi esposa
todas las culpas me niega
y que se ha puesto furiosa.
Esperaremos, y venga
lo que Dios quisiere: Blas,
echa a andar aquesa muela.   (*Vase.*)

(*Sale* TERESA)

TERESA
  ¡Ya se marchó, Tunantón!
¿Quién habrá sido el tronera
que le ha contado a Perico
todo el caso? ¡Ese babieca
de Blas! Por vida de Antón,
procuremos que no vean
ni mi marido ni Blas
a don Julián cuando venga.
Él quiere le quiera yo
y para correspondencia
dice me dará sortijas,
y delantales y medias,
y me llevará a su torre
a comer naranjas buenas,
mientras que el marido mío
siempre entre harina no cuenta
en dar gusto a su muger
y en tenerla satisfecha.
Pasos siento. Será él.
Él es...

Sale DON JULIÁN *con casaca, sombrero de tres picos,
bastón, chupa, etc.*

Don Julián
        Señora Teresa,
me alegro verla lozana
como del prado la yerba,
como la rosa de abril,
cual la flor de la pradera,
y más brillante que el sol
que alumbra toda la tierra.

Teresa. *(Aparte)*
    ¡Qué cosas me dice siempre!

Don Julián
    ¡Estáis como nunca bella!
Los colores de los labios
parecen coral, las cejas
arco de Cupido son
que el corazón atraviesan.

Teresa
    ¿Y quién es ese Cupido?

Don Julián
    ¿No lo sabes, picaruela?
El que nos vuelve los sesos
por las bonitas mozuelas
que como tú me enamoran
y me gustan y me alegran.

Teresa
    Más bajo, por Dios, señor.
¡Ay!, no sé lo que suceda
al verle a usted mi marido;
porque ya tiene sospechas
de que yo admito rendida
de algún amante ternezas.
Y aunque puedo asegurar
que injusto de mí tal piensa
no ignorar usted el infierno

que en mi casa se metiera
si por ventura Perico
le viese a usted en tal tema.
(BLAS *asoma la cabeza por una de las ventanas que
hay en la pieza.*)

BLAS

¡Con la escala del molino
he subido a esta tronera
porque he sabido hay visita!
¡Ola, ola! ¡Aquesta es buena!
¡El señor corregidor!,
¡zambomba!, ¡esto va de veras!
¿Si vendrá con la casaca
y el bastón y esa montera
de tres picos a moler
el trigo para su hacienda?
Veamos.

DON JULIÁN

                Sí, Teresita.
Cuando yo pueda en ternezas
decirla a usted mi pasión,
verá usted que no hay que tema,
pues soy el corregidor
y si Perico se altera
le echamos un par de grillos
y le metemos en Ceuta.

BLAS

¡Canario! Ya lo verás;
tu sabrás cómo se venga.

TERESA

Pero, señor don Julián,
no esté usted más.

DON JULIÁN

                Ten paciencia.

TERESA

> Es que si viene Perico
> y aquí solos nos encuentra,
> me va a dar una paliza.
> Si usté otro tiempo tuviera
> podríamos hablar más
> y con más calma.

DON JULIÁN

>   Teresa,
> yo voy a inventar ahora
> una mentira dispuesta
> con tal arte que Perico
> estará la noche en vela
> y no podrá del molino
> apartarse aunque quisiera.

TERESA

> Pues ea, que ya anochece:
> váyase usted y no vuelva
> hasta quedar bien seguro
> de que está sola Teresa.

BLAS

> Y yo también volveré,
> voy a dar a Pedro cuenta,
> y juntos hemos de dar
> un gran chasco al tío Montera.   (Vase.)

DON JULIÁN

> Conque adiós, dueña del alma,
> hasta luego.

TERESA

>   Hasta la vuelta.   (Vanse.)

(Salen PERICO y BLAS)

BLAS
    Ya está cogido el ratón,
    ya cayó en la ratonera,
    y el señor corregidor
    se ha quedado tío Montera.

PERICO
    ¿Has visto algo?

BLAS
                    ¡Ya lo creo!
    He visto, y con las orejas
    he oído, que es mejor,
    don Julián con tu Teresa
    están de acuerdo, y tendrán
    un ratito de parleta.

PERICO
    ¿Cuándo?

BLAS
            Esta noche.

PERICO
                        ¿Y adónde?

BLAS
    En esotra pieza.

PERICO
    ¿Tú lo has oído?

BLAS
                Seguro.

PERICO
    ¿Y vendrán?

BLAS

No tengas cuenta.

PERICO

¿Y qué haremos?

BLAS

Una burla.

PERICO

¿De qué modo?

BLAS

Que le duela.

PERICO

¿Será fácil?

BLAS

Ya lo es.

PERICO

Pues dispónla.

BLAS

Está dispuesta.

PERICO

Grita alarma, Blas amigo.

BLAS

Ya grito: venga quien venga.

(*Sale un* ALGUACIL)

ALGUACIL

El señor Pedro Saquete,
que casó esta primavera
con Teresa Covarrubias,
¿está en casa o está fuera?

PERICO
   Yo soy.

ALGUACIL
               Pues escuche usted.
   Me ha encargado su señoría
   que para mañana mismo
   y aun antes de que amanezca
   ha de moler sin escusa
   de trigo doce fanegas
   para raciones de pan
   que necesita. Y me ordena
   que si a las cinco no están
   le exija sin más conciencia
   la multa de doce duros
   por haber inobediencia,
   y pagará usté además
   las costas y daños: crea
   que si se le forma causa
   puede ir a la galera.

PERICO
   Diga usted al corregidor
   que al punto voy a faena
   y antes que las cinco den
   estará la harina hecha.

ALGUACIL
   Siendo así, que Dios os guarde.   (Vase.)

BLAS
   Vaya usted y nunca vuelva.

PERICO
   Te has portado, Blas. Ya ves
   que tus sospechas son ciertas
   y hay que vengarse cual hombres
   que tienen su honra bien puesta.

BLAS
  Pues ea, que ya anochece:
  llama al punto a tu Teresa
  y dile que en esta noche
  tienes tú mucha faena
  y no puedes acostarte.
  Yo estaré de centinela,
  y en viendo venir al coco
  al punto te haré una seña.   (*Vase.*)

PERICO
  ¿Teresa?

TERESA. (*Adentro*)
          ¡Marido mío!

PERICO
  Sal al punto hacia aquí afuera.

TERESA. (*Saliendo*)
  Ya estoy aquí.

PERICO
                En esta noche
  tengo yo mucha molienda:
  conque, cena y no me esperes.

TERESA
  ¡Cuánto lo siento! ¿No cenas?

PERICO
  No, que he merendado bien;
  y el trigo abajo me espera.

TERESA
  Adiós, marido,
  voy a disponer la cena
  y me acostaré en seguida.

PERICO. *(Aparte)*

   ¡Ah pícarona, embustera!
   Ya me lo dirás después.

TERESA

   Hasta luego.

PERICO

                  Adiós, Teresa.   *(Vase.)*

TERESA

   Ya estoy sola. Don Julián
   puede venir cuando quiera,
   y hablaremos largo rato
   de lo que más me interesa.
   Tiene un modo de esplicarse
   que le escucho cuasi lela;
   me dice rosa y jazmín
   y otras doscientas ternezas,
   y no puedo de Perico
   oír palabras tan tiernas.

BLAS. *(Asomándose a la ventana)*

   Ya estoy alerta: ¡ah bribona!,
   como te coja en la trena,
   de seguro que te mando
   por diez años a galeras.

TERESA

   Pasos siento de seguro.
   ¿Será don Julián? Alerta.

DON JULIÁN

   Teresa del alma mía,
   más limpia que una patena,
   ¿está tu marido ya
   trabajando en la molienda?

TERESA
    Ya se marchó: estamos solos.
    Pero si quiere vuecencia
    estamos mal aquí al paso.
    Ya he preparado la cena:
    Subiremos y hablaremos
    cuanto usted, don Julián, quiera.

DON JULIÁN
    Vamos donde vos queráis;
    yo he dejado a mi Marcela
    con pretesto de salir
    a dar al pueblo una vuelta
    con la ronda, y me he venido
    al lado de mi Teresa.

TERESA
    Pues subamos.

DON JULIÁN
                    Pues subamos.   (Vanse.)

BLAS. (Saliendo)
    ¡Ya te cogí, buena pieza!
    caíste como el ratón
    dentro de la ratonera.
    No te vale ser alcalde
    ni tener toda la fuerza,
    porque las malas acciones
    nunca han podido ser buenas,
    lo mismo en el hombre pobre
    que el que nada en la riqueza
    y dondequiera que estén
    la maldad y la vileza,
    la ley castiga con palo
    al que falta a la decencia.
    Ea, Blas, aquí hace falta
    un poco de sutileza;
    aquí de tu ingenio, Blas,

que si sales bien aquesta
mereces una corona
y tu fama será eterna.
Atisbemos por el ojo
de la llave: ¡friolera!,
cenando están los bribones
con muchísima paciencia,
y el alcalde echa más tragos
que pueden sus tragaderas.
¡Y está en mangas de camisa!
Se me ha ocurrido una idea.
Voy a llamar a Perico.
Perico... Perico..., apriesa.
Sube al instante.

(Sale PERICO*)*

PERICO

          Aquí estoy.
¿Ha venido?

BLAS

          Y con Teresa
acabando de cenar
se están ya de sobremesa.

PERICO
¿Y has pensado en la venganza?

BLAS
Ya está la trama dispuesta.
Déjenme ver lo que hacen.
Se han dormido él y Teresa
y él ha dejado la chupa,
la casaca y la montera
sobre una silla.

PERICO

          ¿Y qué hacemos?

BLAS

Abre con tiento la puerta:
entra sin hacer gran ruido
y sácate hacia aquí afuera
el traje de don Julián
y te diré lo que resta.

(Entra PERICO *y a poco sale con la casaca, la chupa,
el sombrero y el bastón.)*

PERICO

Ya está aquí todo.

BLAS

Pues vamos.
Periquillo, ropa fuera;
ponte al momento este traje.

PERICO

¿Y qué hago?

BLAS

No seas postema.
Ya te lo diré después.   *(Se viste.)*

PERICO

Buena facha será aquesta.

BLAS

Ahora te vas a la casa
del corregidor: si encuentras
a su muger que se llama,
si no me engaño, Marcela,
dile que eres su marido
y tu venganza es completa.

PERICO

Ya te he entendido.

BLAS
                          Pues anda;
vé, corre, que si despierta
a los dos nos lleva presos.

PERICO
Dices bien: hasta la vuelta.

BLAS
Bueno va el ajo: ya están
mis emboscadas dispuestas;
veremos quién vencerá.
Pero tate: ruido suena.
¿Si habrá despertado ahora?
Escondréme en la huronera.   *(Se esconde.)*

(Salen DON JULIÁN *y* TERESA*)*

TERESA
¡Infelices de nosotros!
¡Estoy perdida!

DON JULIÁN
                          ¡Paciencia!
La ropa se me han llevado
y corre un frío que hiela;
pero en cogiendo al ladrón
le he de poner en la trena
y le mandaré a presidio
y habrá la marimorena.
Busca a Perico.

(Sale BLAS*)*

BLAS
                          No está.
Le llamó doña Marcela
y se ha marchado corriendo.

Don Julián
    ¡Habrá infamia como ella!
    ¡Pues no me faltaba más!
    ¡Venga pronto una chaqueta!,
    que voy a casa y le juro...

Blas
    Tome usted: sólo hay aquesta,
    y aunque está llena de harina,
    como hace frío que hiela
    no le vendrá a usía mal.

Teresa
    Ten compasión de Teresa,
    hermano mío: di, ¿es cierto
    que se fue con la Marcela
    mi Perico?

Blas
                    Ya lo creo,
    y corría que era gresca.

Teresa
    Ya lo ve, don Julián;
    sus palabras lisonjeras
    han venido aquí a turbar
    de mi Pedro la paciencia.

Blas. (Aparte)
    Si fueras muger de bien
    no pasarías baquetas.

    (Voces dentro de Doña Marcela.)

Marcela
    ¡Justicia, pronto, justicia!

    (Sale Doña Marcela)

Don Julián
  Esposa mía, ¿Marcela?

Marcela
  ¡Aparta, traidor, ingrato!,
  ¡hombre vil!, alma de hiena,
  ¿te has metido a molinero
  que gastas esa librea?

Don Julián
  ¡Basta de bromas, esposa!
  ¿Por qué en voces descompuestas
  vienes pidiendo justicia?

Marcela
  Yo te lo diré: contenta
  esperaba tu venida,
  cuando llaman a la puerta.
  Bajo a abrir, y por el traje
  creí que fueses tú. Se me entra
  un hombre dentro en mi casa
  y al punto pide la cena.
  No le conocí al momento,
  pero al sentarse a la mesa,
  le vi manchado de harina:
  caigo entonces en la cuenta
  de que no eres tú, y a voces
  la vecindad se molesta.
  Empiezo a gritar: ¡ladrones!;
  pero él con voz muy serena
  me cuenta que te has venido
  a cenar con su Teresa
  y la plaza que vacaba
  estaba para él dispuesta.
  Quise saber la verdad:
  bajo a prisa la escalera,
  y en tu busca he recorrido
  las calles y callejuelas.

DON JULIÁN

Pues era un ladrón; a mí
me amenazó de manera
que hube de darle mi ropa;
y como el frío molesta,
me metí en este molino
para que abrigo me dieran.

BLAS

Señora, no le creáis:
el alcalde es un tronera
y ha venido a este molino
a ver a la molinera.
Mi hermano cuando lo supo,
quiso burlarse e intenta
ponerse casaca y chupa;
y como su vuecelencia
para cenar más a gusto
se quitó chupa y montera
y dormía como un tronco
hizo el cambio. Ésta es la cuenta.

DON JULIÁN

¡Embustero! Ya verás
el castigo que te espera.

MARCELA

Tiene razón; eso mismo
me informó ayer la tía Pepa,
y ya estaba yo en acecho:
¿pero qué bulla es aquésta?

PERICO. *(Dentro)*

No, señor, eso es justicia.
(Sale con el ALGUACIL*)*
A ver, alguacil, la cuerda
y átame a ese molinero
                              (Por DON JULIÁN.*)*
para que a la cárcel venga.

ALGUACIL
    En nombre del rey, prisión.

DON JULIÁN
    ¡Majadero!, ¿no contemplas
    que soy el corregidor?

ALGUACIL
    ¿Corregidor con chaqueta?
    No, señor. ¡Yo no conozco
    sino al que casaca lleva!

TERESA
    ¡Marido mío, por Dios!

PERICO
    Alguacil, la molinera
    átala de pies y manos,
    y corta después su lengua.

MARCELA
    Vamos, esto se acabó.
    Pase por broma y por fiesta
    y vamos...

PERICO
                No, no, señora.
    Alguacil, trae otra cuerda
    y ata a la corregidora.

BLAS
    ¡Cómo me gusta la gresca!

ALGUACIL
    No tengo cuerdas bastantes.

BLAS
    Pues entonces aquí hay cuerda.

PERICO

> Ahora veréis, mentecatos,
> que nunca en vano se juega
> con la honra de un hombre pobre
> que con sudor se alimenta.
> Porque usted lleva casaca
> y yo no más que chaqueta,
> ¿le parece ha de jugar
> con el honor de un cualquiera?
> Alguacil, suelta a ese hombre:
> suelta también a Teresa,
> y tú, Blas, desata ahora
> la cuerda a doña Marcela.
> Ya estáis libres; tome usted
> su casaca y estas prendas
> y deme a mí en el momento
> esa empolvada chaqueta.
> La venganza a sido igual:
> Vos cenasteis con Teresa
> y yo con vuestra muger.
> Si hubo despés de la cena
> algún esceso, tan sólo
> al curioso lector queda;
> pero de aquí en adelante,
> si cruza usted esa puerta
> ni le vale la casaca
> ni el llamarse don Urrea,
> poque me armo de un garrote
> y aunque grite y arme gresca
> no le dejo, voto a cribas,
> ninguna costilla entera,
> que soy molinero honrado
> de Jerez de la Frontera.

DON JULIÁN

> Pierda usted, señor Perico,
> todo cuidado: escarmienta
> en cabeza ajena el cuerdo;

XII. Diezmos y primicias ... ...
XIII. Le dijo el grajo al cuervo ... ...
XIV. Los consejos de Garduña ... ...
XV. Despedida en prosa ... ...
XVI. Un ave de mal agüero ... ...
XVII. Un alcalde de monterilla ... ...
XVIII. Donde se verá que el tío Lucas tenía el sueño muy ligero ... ...
XIX. Voces clamantes in deserto ... ...
XX. La duda y la realidad ... ...
XXI. ¡En guardia, caballero! ... ...
XXII. Garduña se multiplica ... ...
XXIII. Otra vez el desierto y las consabidas voces ... ...
XXIV. Un Rey de entonces ... ...
XXV. La estrella de Garduña ... ...
XXVI. Reacción ... ...
XXVII. ¡Favor al Rey! ... ...
XXVIII. ¡Ave María Purísima! ¡Las doce y media y sereno! ... ...
XXIX. Post nubila... Diana ... ...
XXX. Una señora de clase ... ...
XXXI. La pena del talión ... ...
XXXII. La fe mueve las montañas ... ...
XXXIII. Pues ¿y tú? ... ...
XXXIV. También la Corregidora es guapa ... ...
XXXV. Decreto imperial ... ...
XXXVI. Conclusión, moraleja y epílogo ... ...

Apéndice I. Donatien Alphonse, Marqués de Sade.   147

Apéndice II. El molinero de Arcos   155

Apéndice III. Nueva canción del Corregidor y la Molinera   164

Apéndice IV. Sainete nuevo   170

yo escarmiento, y en promesa
de que no ha de suceder
otra burla como aquésta,
sólo les pido que queden
secretas tales ofensas,
y mañana allá en mi casa
tendremos una merienda,
viviendo de aquí adelante
como Dios manda y la Iglesia.

TERESA

Perdóname tú, Perico.

PERICO

Alza: perdonada quedas.

DON JULIÁN

Y tú, esposa, ¿me perdonas?

MARCELA

Mis brazos son la respuesta.

BLAS

Echa, alguacil, esos cinco;
vámonos a la taberna
a celebrar este ingenio,
que a Blas se debe la fiesta;
que aunque palurdo y vestido
con lanas y con bayetas,
el corazón le hizo Dios
y en él honra bien puesta;
lo mismo da ser paleto
de haber nacido en nobleza.
Buenas noches, a la cama;
usted, don Julián, aprenda
a ser buen corregidor.

Y bien etendido tenga
que hay fama en un molinero
de Jerez de la Frontera.

TODOS

Y aquí se acaba el sainete:
perdonad las faltas nuestras.

Introducción, por Jorge Campos ... ...

Bibliografía   28

EL SOMBRERO DE TRES PICOS

Prefacio del autor   3

        I.   De cuándo sucedió la cosa ... ...
       II.   De cómo vivía entonces la gente ... ...
      III.   Do ut des ... ...
       IV.   Una mujer vista por fuera ... ...
        V.   Un hombre visto por fuera y por dentro.
       VI.   Habilidades de los dos cónyuges ... ...
      VII.   El fondo de la felicidad ... ...
     VIII.   El hombre del sombrero de tres picos.
       IX.   ¡Arre, burra! ... ...
        X.   Desde la parra ... ...
       XI.   El bombardeo de Pamplona ... ...